生まれた直後に捨てられたけど前世が大賢者だったので余裕で生きてます

〈4〉

Since my previous life was a wise man, I can afford to live

Shichio Kuzu × Tetsuhiro Nabeshima

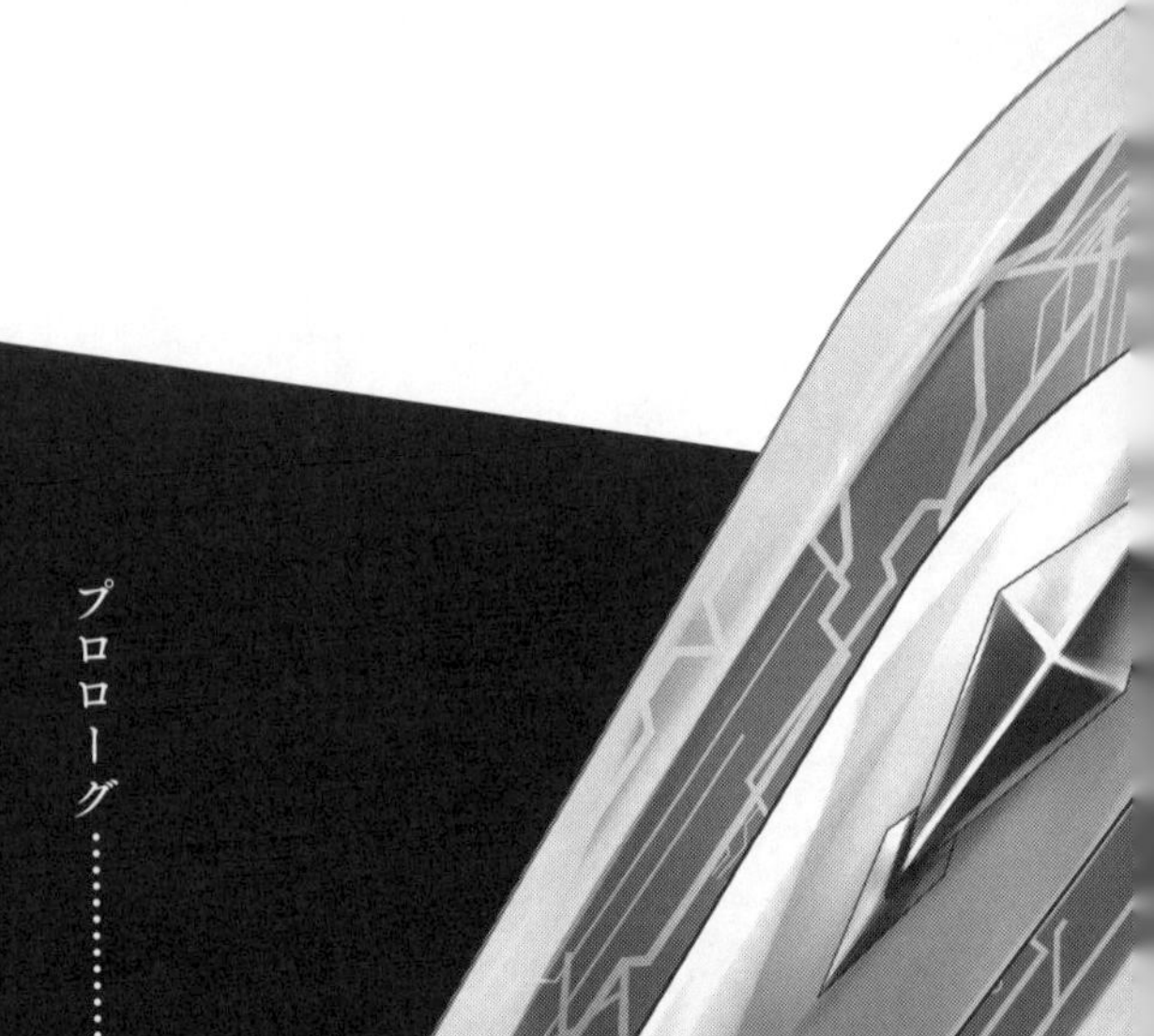

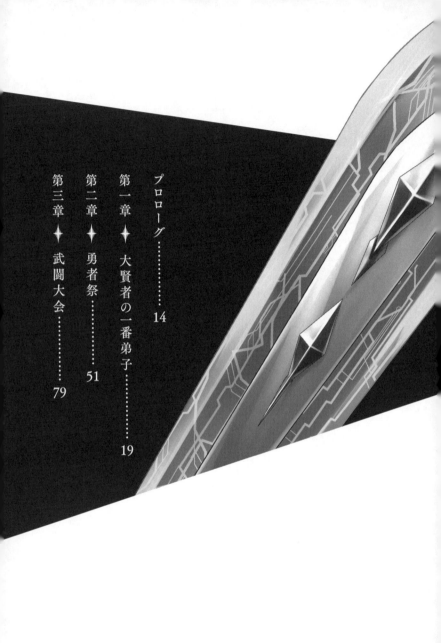

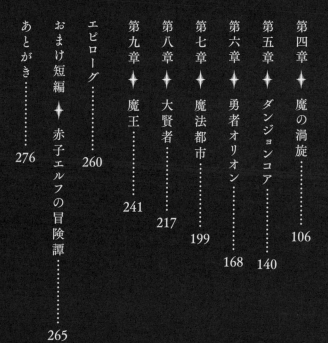

Since my previous life was a wise man,
I can afford to live

characters

ファナ

無口で無表情な女冒険者。割と変わった性格で偶然拾ったレウスの力を素直に受け入れ、「師匠」と呼ぶようになる。

レウス

大賢者アリストテレウスの生まれ変わった姿。名門ブレイゼル家に生まれるも、魔力測定器の設計ミスで才能なし、と誤判定され捨てられてしまう。リントヴルムや狼かーちゃんのおかげで生き延び、ファナに拾ってもらう。

アンジェ

ファナをライバル視するアマゾネスの冒険者。同じBランクで、ファナを出し抜きたくてたまらない。お胸がとても大きい。

フェンリル（リル）

レウスに手懐けられた、神話級の魔物フェンリルが人化した姿。

クリス

ブレイゼル家の遠縁出身。実家を出て冒険者に。

リントヴルム

レウスが前世から愛用している最強の聖竜杖。先端には竜の頭部を模した意匠が施されている。常に冷静沈着。

バハムート

レウスのもう一本の愛杖—闇竜杖。めちゃくちゃ感情的かつヤンデレ気質。

メルテラ

レウスの一番弟子。肉体を若返りさせる魔法を使い赤子の姿になる。

ゼタ

ベガルティアの街で出会った腕利きの鍛冶師。

オリオン

アルセラル帝国の第七皇子。勇者の子孫にして武闘大会の前回覇者。

ゴリティーア

漢であるが、心がちょっぴり乙女なSランク冒険者。

【これまでのあらすじ】

大賢者アリストテレウスは死の間際に
転生の大魔法を使い、レウスとして名家ブレイゼル家に生まれる。
しかし測定器の設計ミスで魔力値が低いと勘違いされ捨てられてしまう。
さすがの大賢者も赤子の魔力と体力では……というピンチを、
愛杖リントヴルムや狼かーちゃんのおかげで切り抜け、
生後2ヶ月程度の見た目まで成長する。
冒険者の街ボランテにてレウスは異例のBランクから冒険者ライフをスタート。
しかもレウスの「身体強化魔法=治療」でレベルアップしたことをきっかけに、
ファナとアンジェの二人を弟子にしたような形になり、それぞれ鍛錬を積んでいく。
続く大都市ベガルティアでもレウスは規格外の強さを見せつけ、
反冒険者ギルド組織「リベリオン」幹部の逮捕に貢献。
しかしそれをきっかけに、冒険者ギルドはアンデッドの集団に襲われる危機に陥る。
レウスがアンデッドたちを操っていた高位魔族をこっそり撃破すると、
ベガルティアの街に再び平和が訪れる。

その後、ブレイゼル家出身のクリスがレウスの前にやってきて、故郷に異変が起きていることを知らせる。

魔境の森に住む狼かーちゃんのことが気がかりであったレウスが
逆召喚で魔境の森に向かうと、神話級の魔物フェンリルが暴れていた。

フェンリルと対峙するレウスはジリ貧な戦いになるも、
睡眠魔法や治癒魔法を使いフェンリルを正気に戻すことに成功する。

フェンリルが人化の魔法を使い長身美女になれることを知ったレウスは、リルと名付け仲間に加えるのだった。

Bランクの称号を得たリルとともに早速、盗賊団の討伐の依頼を受けると、
偶然にも前世でレウスが作った魔導飛空艇・セノグランデ号を取り戻すことに。

そこで拘束されていたエルフの少女リューナを見つける。

話を聞くとエルフの里が存続の危機に瀕しているとのことで、レウスはリューナと二人で助けに向かう。

リューナの故郷を襲っていたエンシェントトレントという樹木の魔物を追跡型広域駆除魔法で殲滅するレウス。

無事解決するも魔物の体内には、前世でレウスが作り出した黒い魔石が取り込まれていた。

魔石について調べるためレウスの個人ラボのあった大賢者の塔へ向かうと、
禁忌指定の研究に手を出し追放されたエウデモスと再会する。

リントヴルム、バハムートの力を借り、エウデモスを消滅させるも、
禁忌指定の研究資料や魔導具はすべて失われていた。

失意のままベガルティアに戻るレウスたち一行。

ブレイゼル家当主夫妻とのひと悶着などもありつつ、再びセノグランデ号に乗り込むのだった――

プロローグ

前世の俺が作った魔導飛空艇、セノグランデ号に乗ること数時間。ついに前方に青い海が見えてきた。

浜辺に辿り着くと、昇降機能を利用して白い砂浜へと降り立つ。

『おお～、すごく綺麗な砂浜！　ここなら海水浴にぴったりだな！　もしかしたら先客の美女がいたりするかも？』

水着姿の美女（巨乳）たちとキャッキャウフフしている夢のような光景を脳裏に描いて、思わず頬を緩める俺。

『いえ、マスター。どうやら海水浴どころではなさそうですよ』

『え？』

愛杖リントヴルムの不穏な指摘に、俺は首を傾《かし》げた。

『ご覧ください、あの海の有様を』

『こ、これはっ……』

沖の方へと視線を向けた俺が目撃したのは、海中を蠢《うごめ》く幾つもの巨大な影だった。時々それらが海面から顔を出しては、大きな咆哮《ほうこう》を轟《とどろ》かせている。

「魔物がめちゃくちゃいるんだが……」

ぱっと見渡してみただけでも、二、三十体はいるだろう。

しかもそれはこの浜辺から見えているものだけ。恐らく海の深い場所には、もっと多くの魔物がいるに違いない。

「ん、すごい数。海には、こんなに魔物がいるもの？」

「そんなはずないでしょ！　明らかに尋常ではない数よ！」

今まで一度も海に来たことがないらしいファナの素朴な呟《つぶや》きに、アンジェが異を唱える。

「む。我が主《あるじ》よ、浜に上がってくる魔物もいるぞ」

人化したフェンリル――リルに注意を促されて視線を転じると、背中に無数の刺《とげ》を生やした亀の魔物が、のっそりと浜辺に上がってくるところが見えた。

『リンリン、やつを即座に排除するぞ！　海はともかく、浜辺だけは絶対に死守しなければ！　最悪、砂浜さえあれば水着回は成立するからな！』

残念ながら先客はいなかったが、ファナたちがいる。彼女たちに着てもらうための水着を、俺はわざわざ用意したのだ。ちなみに自作。

『どう考えても成立しませんよ』

『そんな……』

リントヴルムの無情な宣告に、ショックでよろめく俺。

『それよりもこの海の状態のことが気になりますね』

俺が肩を落としていると、背後から怒号が響いてきた。

「お前たち、そんなところで何をやっているんだ!?」

振り返ると、そこにいたのは地元の人と思われるおじさんだ。

かなり日に焼けていて、いかにも海の男といった印象である。漁師でもやっているのかもしれない。

「今ここの海は魔物だらけだぞ！　見て分からないのか!?　中にはあの亀のように、陸に上がってくるようなやつもいる！　早くこっちに来るんだ！」

おじさんに怒鳴られ、後をついていく。

するとこの浜辺一帯を取り囲むように、石や土などで作られたバリケードがあった。

バリケードの反対側には櫓《やぐら》のようなものが建てられていて、どうやらそこからこの浜辺の様子を見張っているらしい。

設置されていた梯子《はしご》を使ってバリケードを乗り越えると、そこでようやくおじさんが安堵《あんど》の息を吐いた。

「お前たち、一体どうやって浜に入ったんだ？　見ての通り、ここは完全封鎖しているはずだぞ？」

もちろん飛空艇で空から入ったと説明するわけにはいかない。

誤魔化す代わりに、俺は質問を投げかけた。

「それよりおじちゃん、ここの海、前からこんな感じなの？」

「そんなはずがないだろう。元々は綺麗な海で、漁業も盛んな……って赤子が喋《しゃべ》ってるだとおおおおおおおっ!?」

どうやらこの海に魔物が溢れかえってしまったのは、ここ最近のことらしい。

「僕たち、ベガルティアって都市から来た冒険者なんだ」

「ベガルティア？　っていうと、冒険者の聖地とか呼ばれてるとこか……」

「うん。そこの赤子は喋れるんだよ」

「……んなわけないでしょ。適当なこと言うんじゃないわよ」

アンジェは呆れているが、おじさんの方は「そうなのか……」と少し納得している。見た目の割に純粋なようだ。

「よかったら詳しいことを教えてよ。僕たちなら何かできるかもしれないからさ。全員Aランクの冒険者だから、実力は確かだよ」

リルだけはまだBランクだが、細かいことはいいだろう。実力は軽くAランク以上だし。

「Aランク冒険者!?　この若さで……」

「きっとまともに漁もできなくて大変でしょ？」

「あ、ああ、その通りだ。海がこの有様じゃ、漁に出ることなんてできやしねぇ。港も閉鎖しちまってるし……この浜辺も、元は海水浴場として賑わってたんだが……」

「っ！　おじちゃん、今なんて!?」

「え？　いや、この浜辺も、元は海水浴場として賑わってて……」

聞き間違いではなかったらしい。

俺は拳を握り締め、宣言した。

「心配しないで、おじちゃん！　絶対に僕たちが何とかするから！」

「ほ、本当かっ？」

「うん、任せておいてよ！」

縋《すが》るような目をするおじさんに、俺は力強い頷《うなず》きを返す。

『随分とやる気のようですが、もちろん漁ができずに困っている方々のためですよね？』

『もちろん海水浴場のために決まってるだろう！』

『……さいですか』

第一章　大賢者の一番弟子

俺は燃えていた。

必ずやこの海から危険な魔物を一掃し、元の安全で美しい海を取り戻さなければならない。

『そうすればきっと、この浜辺に再び水着美女たちが集まってくるはず！』

『……』

リントヴルムの蔑みの視線を余所《よそ》に、俺は先ほどのバリケードを越えて再び浜辺へ。

「魔物を一掃するためにも、この原因から取り除かなくちゃね」

「師匠、原因が分かる？」

「うん、一応ね」

すでに俺は、この魔物の大量発生の原因に予測がついていた。

「ただ、海の中に潜っていかなくっちゃ」

「海の中？」

「どうやって潜るっていうのよ？　こんなに魔物で溢れかえってるのよ？　呼吸だってそんなに続

かないだろうし」

アンジェが言う通り、動きにくい海中で水棲《すいせい》の魔物とやり合うのは簡単ではない。

「大丈夫。海の中でも陸の上と同じように呼吸ができて、スムーズに動けるようになる魔法があるんだ。水中生活魔法っていうんだけどね」

「ん、すごい」

「そんな魔法が……」

「さすが我が主」

「ただ、この魔法には一つだけ欠点があってさ」

「「「欠点？」」」

色々と工夫して、どうにか克服しようと試みたのだが、残念ながら上手《うま》くいかなかったのだ。

そのため、海に入る前にどうしてもあることをやらなければならなかった。

「といっても、すごく簡単なことだけどね」

そう言いながら、俺は彼女たちにそれを渡した。

「はい、水着。普通の服を着ていると、水の中で動きにくいんだ」

だからどうしても水着に着替える必要があるのだ。

あるったらあるのだ。

『……本当ですか、マスター？』

『本当だよ。水中生活魔法で、水の抵抗を極力少なくすることには成功したんだけど、水分を吸収しちゃう衣類を身に着けていると、その効果が半減しちゃうんだ』

『口から出まかせでは？』

『いや本当だって！　リンリンが信じてくれない！』

『普段の行いが行いですから、もはや俄《にわ》かには信じられません』

不信の目を俺に向けてきたのはリントヴルムだけではなかった。

「……それって、単にあたしたちに水着を着せたいだけじゃないの？」

「そんなことないよ。ほら、アンジェお姉ちゃんも早く早く」

ファナとリルはすんなり頷いてくれ、すでに服を脱ごうとしている。

「ちょっと待ちなさい！　こんなところで着替える気⁉」

「ん。今なら誰も見てない」

「見られても恥ずかしいものではないだろう？」

「何で常識が通じないやつばかりなのよ……」

砂浜で着替えようとしたファナたちに、アンジェが大きく溜息《ためいき》を吐《つ》く。

「僕も見られたって平気だよ！」

「あんたは赤子でしょうが」

結局アンジェの我儘《わがまま》で、いったん飛空艇へと戻り、そこで着替えることになった。

「まぁ仕方ないね。あそこだと魔物もいるし危険だから」

「あんたは外に出てなさい」

みんなと一緒に着替えようとしたら、俺だけ部屋の外へと捨てられてしまった。

「酷《ひど》い！　こんないたいけな赤子を放り出すなんて！　……透視魔法」

俺の前には壁なんてあってないようなものなのだ。ぐへへへ……。

『……どこがいたいけな赤子ですか』

そうして水着に着替えたファナたちが部屋から出てくる。

「おお～。お姉ちゃんたち、すごく似合ってるよ！」

俺は思わず拍手していた。

「ん。動きやすい」

ファナはオーソドックスなビキニタイプの水着。布面積が少なくて、豊かな胸やお尻が零れ落ちそうなのが最高である。

「ちょっと!?　なんでこんな形状してるのよ!?」

顔を赤くして叫ぶアンジェは、鋭い角度のハイレグ水着。

胸を隠す部分がほとんど紐のような細さなので、谷間や横乳をばっちり拝むことができる。

素晴らしいね。

「確かにこれは動きやすい」

頷くリルの水着は、ハート形のニップレスだ。大事な部分をシールで隠しているだけなので、歩くと乳房がぼいんぼいんと揺れてしまう。

なお、下半身はマイクロビキニである。

『ふっふっふ、我ながら上手く作ったな』

『こんなものをわざわざ自作したのですか……』

ちなみに俺もすでに着替え済みだ。

「師匠は……裸？」

「何でなにも着てないのよっ？」

「だって赤ちゃんだし」

俺はただ衣服を脱ぎ捨てただけである。全裸で泳ぐのって気持ちいいよね？

「はい、水中生活魔法。それから防御力強化魔法っと」

水着だけだと防御に不安があるだろうから、全員の防御力を魔法で大幅に上げておく。

これでそこらの防具を身に着けているよりも、ずっとダメージを軽減できるだろう。

そうして俺たちは再び砂浜に降り立つと、魔物が溢れる海の中へと入っていった。

「ん、息ができる」

「本当だわ！　しかも喋れるし！」

水の中に入ってもちゃんと呼吸ができて、喋っても口や鼻に水が入ることはない。さらに砂の上を普通に歩くことができた。

ちょっとだけふわふわしてしまうが。

「浮力と水の抵抗を五分の一くらいにしてあるからだよ。でも、ジャンプすれば地上よりも飛べるはず」

一応すごく頑張れば泳ぐのも不可能ではない。

「少し抵抗はあるけど、十分戦えそうね！」

拳を何度か突き出しながらアンジェが言う。

ファナも剣を振って感触を確かめている。

「それにしても、海の中ってこんなふうになってるのね！」

「ん、きれい」

珊瑚《さんご》が広がり、色んな種類の魚が泳いでいた。

視線を上に向けると、太陽光に照らされた水面《みなも》がキラキラと輝いている。

しかしそんなふうに暢気《のんき》に海中ウォークを楽しんでいられるのも束《つか》の間だった。

「む、サメの魔物が近づいてきたぞ」

リルが指摘した直後、全長五メートルを超す巨大なサメがこちらへ猛スピードで迫ってきた。

「って、速っ!?」

「我に任せるがいい」

大きく口を開け、リルを丸呑みにしようとした魔物だったが、その下顎にリルが強烈な蹴りを叩き込む。

「～～～～ッ⁉」

驚いたサメがすぐに逃げ出そうとするも、リルがその尾鰭《おひれ》を摑《つか》んで逃がさない。

必死に暴れる魔物に手刀を見舞うと、身体《からだ》が真っ二つに両断された。

サメは絶命して力なく海底に横たわる。

「こいつもまさか陸上生物に倒されるとは思ってもみなかっただろうね」

それからも巨大な蟹《かに》の魔物や海蛇の魔物、貝の魔物などに遭遇しては蹴散らしつつ、俺たちは沖に向かって進んでいった。

やがて遠くに人工物らしきものが見えてくる。

「何かある」

「神殿みたいなものがあるわね。でも、こんな海底に……？」

それはアンジェが言った通り、古代の神殿と思われる建物だった。

あちこち海藻に覆われている上に、周囲に大量の魔物がうじゃうじゃいるせいで、邪神でも祀っていそうな雰囲気がある。

「誰が何のために造ったかは分からないけど、それなりに年季が入ってそうだね」

「我が主よ、この神殿が魔物の大量発生の原因なのか？」

「うーん、多分だけど、これ自体は無関係じゃないかな？　ただ、この中に発生源があると思うよ」

「発生源？」

神殿の入り口となる扉は固く閉じられているが、外壁自体に大きな穴が空いているので、簡単に内部に入ることができそうだ。

穴の近くの魔物を排除しつつ、俺たちはそこから神殿内へと侵入した。

「っ！　凄い数の魔物ね……っ！」

「溢れてる」

神殿内部は魔物の巣窟と化していた。

俺たちは次々と襲いかかってくる海の魔物と戦いながら、ひたすら神殿の奥へと進む。

しかしその途中、俺たちはある異変を発見した。

「あれ？　魔物の死体がある？」

俺たちが進む先に、なぜかすでに死んだ魔物がふわふわと浮いていたのである。

それも一体だけでなく、何体も。

「魔物同士でやり合った？」

ファナの推測に、俺は首を横に振った。

「いや、その可能性は低いかな。見てよ、お姉ちゃん。この死体の傷」

何か鋭利なもので、ばっさり切り裂かれたような傷痕が残っていたのである。

「剣で斬られたってこと？　でも、魔物の牙や爪でもこんなふうになるかもしれないでしょ？」

首を傾げるアンジェ。

「ううん、ほら、この傷口、ちょっと凍ってるでしょ？　たぶん、氷系の魔法だと思うよ」

道理でこの辺り、少し水がひんやりしているなと思ってはいたが……。

「それも刃物のような氷を作り出せるなんて、並の腕前じゃないね」

少なくとも魔物の仕業ではなさそうである。

リントヴルムもその俺の意見に同意しているようだ。

『どうやらこの神殿内に先客がいるようですね』

『しかし一体何の目的があって、こんな場所に立ち入ってるんだ？』

『もしかしたら我々と同じかもしれませんよ』

ちょうど俺たちの進むルートに、足跡ならぬ死体跡が続いている。

まだ死んでそれほど時間が経ってもいないようなので、もしかしたら先客と鉢合わせてしまうかもしれない。

敵か味方かも分からないし、警戒した方がよさそうだ。

「でも、この魔力の残滓《ざんし》……なんか覚えがあるような……？」

海底神殿の奥深く。俺たちは礼拝堂らしき部屋に辿り着いていた。

奥には祭壇があって、元々は神聖な雰囲気の場所だったのかもしれないが、残念ながら今は禍々《まがまが》しい空間と化している。

「……渦？」

「凄まじい魔力を感じるわ……」

そこにあったのは、漆黒の渦のようなものだ。膨大な魔力を発する黒い靄《もや》が、ぐるぐると回転を続けているのである。

「魔物が……生み出されている？」

リルが眉根を寄せて呟く。

その渦の中から、一体また一体と、魔物が湧き出してきていた。

『やっぱり思った通りだな』

『マスター、あれに見覚えが？』

『ああ。あいつは魔物を無限に生み出し続けることができる〝魔の渦旋〟……前世で禁忌指定していたやつだ』

理論上、放っておけば永遠に魔物を発生し続けるという、非常に危険な代物である。この海に魔物が溢れかえってしまったのは、間違いなくこいつが原因だろう。

『だが何でこんなところに……？　いや、考えるのは後だな。まずはこいつを破壊してしまわないと』

今もまた半魚人の魔物が生み出され、こちらに襲いかかってきた。

リルが拳一発で撃退してくれたが、魔物が幾らでも湧いてきてしまうのでキリがない。

しかし魔物の無限発生を止める方法は、ごくシンプルだ。

この渦をぶち壊してしまえばいい。

「お姉ちゃんたち。この渦を破壊すれば、魔物が湧いてこなくなるはずだよ」

「ん、了解」

「それなら簡単ね！」

ファナが剣を、アンジェが拳をその渦へと叩き込んだ。

しかし二人の攻撃は、実体のない渦をすり抜けてしまう。

「当たってない？」

「ちょっと、これじゃ攻撃できないじゃないの!?」

「物理攻撃じゃダメなんだ。魔法とかじゃないと」

「それを早く言いなさいよ！」

「あと、攻撃すると魔物を吐き出すペースが上がっちゃうよ」

「え？」

直後、一度に数体もの魔物が一斉に出現し、我先にと躍りかかってきた。

「危険を察知して、敵を排除しようとするんだ」

「それも早く言いなさいよ!?」

押し寄せてきた魔物の大群に、ファナとアンジェが苦戦する。

一方、人化しても圧倒的な強さを誇るリルは余裕で魔物を返り討ちにしているが、物理攻撃しかできない彼女では、渦にダメージを与えることができない。

「むう……我では破壊できぬようだ」

「まぁ、僕に任せておきなよ」

三人が魔物を引き受けてくれているので、俺は魔法を撃ち放題だ。

魔力の高まりを察したのか、渦から魚雷のごとき勢いで魚の魔物が俺を狙って迫ってきたが、

「遅いよ。海中竜巻」

渦とは逆方向に巻き起こった猛烈な水流。それが魔の渦旋を掻《か》き消していく。

やがて水流が収まったとき、黒い渦は完全に消え去っていた。

「これでもう魔物は湧いてこないはずだよ。もっとも、すでにいる魔物はそのままだから、大掃除しなくちゃだけど……って、あれ?」

振り返ると、ファナたちの姿がない。

『マスター。巻き込んでいます』

「あ」

リントヴルムが示す方向を見遣《みや》ると、二人と一匹は礼拝堂の高い天井の辺りにいた。

水流に呑まれて目を回してしまったようで、力なくゆっくりとこちらに落ちてくる。

「あちゃー、ミスっちゃった」

俺が思わず顔を覆っていると。

「急に渦の魔力を感じなくなったと思ったら……あなた様の仕業でございましたか」

突然、背後から聞こえてきた声。

ファナやアンジェ、それにリルのものではない。

だがその声には聞き覚えがあった。

「っ……まさか……」

俺は思い出す。先ほどの魔力の残滓……記憶があるのも当然だ。

なにせそれは、前世の俺の一番弟子の魔力だったのだから。

「お久しぶりでございます、大賢者アリストテレウス様。いえ、今は転生されて、別のお名前になられているのでしょうか？」

「ふふっ、やっぱり生きていたか、メルテラ」

エルフの里で、とっくの昔に死んだと聞いても、どうも納得ができなかったのだ。

今もどこかで生きているに違いない。

根拠はないが、何となくそう思っていた。

そうして俺は、あの素晴らしい巨乳を再び拝めることに感謝しながら後ろを振り返る。

何なら赤子となった今なら、あの胸に抱いてもらえるかもしれない。

しかし振り返った俺が目にしたのは――


「……は？　胸が、ない……？」


小さな頭と身体。

短い手足。

胸がないどころか、身長が赤子の俺とほとんど変わらない。

そこにいたのは、あの豊満な胸の美女ハイエルフではなかった。

ちんちくりんの赤子エルフだ。

「え？　どういうことだ？　確かにメルテラの声がしたはずだが……」

「はい。わたしがメルテラでございますよ、大賢者様」

「いやいやいや、こんな貧乳がメルテラなわけないだろう!?」

俺は思わずその赤子に向かって叫んでしまう。

「……人を胸の大きさで判断しないでいただけますか？」

するとそのエルフは、赤子とは思えない目で睨《にら》みつけてくる。その視線に、俺はハッとさせられた。

「そ、そのゴミでも見るかのような目っ……た、確かにメルテラのものだ……」

よく見ると、顔もメルテラにそっくりな赤子だ。

少し幼いが、声もそのままである。

「どういうことだ!?　まさか、若返りの魔法に成功したというのか!?　くっ、だがそれならなぜそんなに若返った!?　もっと成長した後の姿にすればよかっただろう!?　あの胸を捨てるなんてとんでもない！」

「はぁ……転生されても相変わらずのようでございますね、大賢者様……」

声を荒らげる俺に、メルテラ（赤子）は深く溜息を吐いた。

『申し訳ありません、メルテラ様。バカは死ななければ治らないと言いますが、どうやらマスターの変態は死んでも治らなかったようです』

「リントヴルム、お久しぶりでございます。……どうやらそのようでございますね。あなたにはご迷惑をおかけしているようです」

『いえ、これもわたくしの選んだ道ですから。それにしても、かつてのマスターすら断念した若返りの魔法を完成されるとは驚きですね』

旧知の間柄であるメルテラとリントヴルムが、勝手に話を進めていく。

ちょっ、俺を放置しないでくれ～。

「ありがとうございます。ただ、生憎《あいにく》とまだ欠点が多くありまして、とても完成したとは言い難いものなのです。なにせ肉体を若返らせるためには、老化に必要とした期間に準じた長い時間が必要となる上に、その間は一切の行動が不可能になってしまうという面倒な代物でございますから」

「ということは、どこかでずっと眠ってたってことか？」

「その通りでございます。元々それなりの年月を生きていたため、長きにわたって休眠状態にありました。目を覚ましたのは、ちょうど半年ほど前のことでございます」

『休眠ですか。わたくしと同じですね』

リントヴルムも長らく眠っていたからな。

「なるほど、だから死んだことになっていたのか……。だが、そこまで遡る必要なんてなかっただろう！」

「わたしももう少し成長した状態がベストだったのですが、生憎とそこまで細かく調整できなかったのでございますよ。その結果、生後一か月ほどの姿として目覚めてしまいました」

「ぐぬぬぬ……」

しかし欠点があると言っても、こんな魔法を作り出してしまうとはな……。

つまりメルテラは、もはや永遠の命を手に入れたようなものだ。

「大賢者様の方こそ、本当に転生の魔法に成功されるとは、さすがでございます」

「若返りと違って、転生先をコントロールできないせいで困ったこともあったけどな。正直、結構な博打《ばくち》だ」

「何百年にわたって、自らの身体を無防備にし続けるというのも、なかなかの博打でございましたよ。もちろん相応の対策をしてはおりましたが」

メルテラが赤子化し、この時代に生きている理由は分かった。

だがどうしても腑に落ちないことがある。

「お前のことだ。永遠の命になど、興味がないと思っていたが……」

「ええ、その通りでございました。しかし、そうは言っていられない事情が生じまして」

「どういうことだ？」

「それは大賢者様がお亡くなりになった後……大賢者の塔で起こった出来事に起因する話でございます」

「大賢者の塔で……？」

エウデモスが当時の光景を再現していたが、組織はとっくに無くなっていた。

それからメルテラが語ってくれたのは、いかにして大賢者の塔が崩壊に至ったのか、その真相だった。

「大賢者様が亡くなられた後も、魔法の研究機関としての大賢者の塔は、しばらく存続しておりました。わたしを始め、当時の弟子たちが協力し合って、組織を維持していたのでございます。しかし、それも五十年ほどしか続きませんでした」

五十年って長いけどな。

まぁハイエルフの感覚では短いのだろう。

「崩壊のきっかけは、次の大賢者を定めようと、弟子同士が争い出したことでございます。……弟子と申し上げはしましたが、五十年も経っていれば、大賢者様がご存命の頃とは当然、顔触れも大きく変わっています。ハイエルフのわたしはすでに長老のような立場でございましたし、新たな大賢者の有力候補として祭り上げられておりました」

しかし彼女はそれを断ったという。

「本物の大賢者様のお力を間近で見てきた者として、わたしには分不相応だと理解しておりましたから。そして昔と変わってしまった塔の空気に、段々と違和感を覚え始めていたわたしは、塔を去ったのでございます。……今から思えば、その判断が大きな間違いだったのです」

メルテラは何かを悔やむように大きく息を吐いた。

「最古参の、それも大賢者様から直接の薫陶を受けた者として、本来ならば塔の在り方に責任を持つべきだったのでございます」

「……その後、塔で何があったんだ？」

「わたしも伝聞でして、この目で見聞きしたわけではございませんが、次期大賢者の座を巡って大きな争いが勃発し――その混乱の最中《さなか》、厳重に保管されていたはずの禁忌指定物が、根こそぎ消失してしまったのでございます」

「えっ!?」

「残った痕跡からして、何者かが盗んだのは明白だったようですが……」

それを知った当時の塔の構成員たちは、すぐに犯人を捜したが、結局見つけ出すことはできなかったという。

誰が犯人なのかも分からず、互いに疑心暗鬼になって、もはや次期大賢者云々《うんぬん》どころではなくなってしまったそうだ。

「それから大賢者の塔は急速に組織としての力を失い、一人また一人と去っていって、ついには誰もいなくなってしまったのでございます」

俺が死んで、だいたい七十年後のことだという。

「禁忌指定物の危険性はわたしもよく認識しております。扱いを間違えれば、世界が滅びかねないような代物もございますから。当然、わたしもそれから長きにわたって、犯人を捜し続けました」

だが一向にその尻尾を摑むことができなかったそうだ。

「それどころか、禁忌指定物がどこかで使われたような痕跡を見つけ出すこともできなかったのでございます」

「犯人はそれを使わなかったってことか？　だとしたら、何のために盗んだんだ？」

「いえ、恐らくは時が来るのを待つことにしたのでしょう」

「どういうことだ？」

「魔族の大半が殲滅《せんめつ》され、人類が戦いから解放されたことで、当時からすでに人間の弱体化が進んでおりました。ですが、それでもまだまだ力のある者が多くいましたから」

「なるほど。つまり、もっと戦える人間が減ってから、心置きなく禁忌指定物を利用しようとしたってことか。って、もしかして、今がその時ってこと……？」

魔の渦旋をはじめ、俺が遭遇した幾つかの禁忌指定物。

それがまさか、その犯人の仕業ってことなのか……？

「当時からどれだけ経ってると思ってるんだ？」

随分と気の長いやつだ……という話だけでなく、普通の人間ではそもそも寿命が持つはずがない。

「犯人がどうやってこの時代まで生き長らえているのか、詳しい方法は分かりません。ですが手元に禁忌指定物がある以上、不可能ではないはずでございます」

「……そうだな」

エウデモスやメルテラのことを考えれば、方法は色々あるだろう。

「そしてわたしは、犯人が動き出すこの時に合わせて目覚めることができるよう、若返りの休眠に入ったのでございます」

「ん？　それ、どうやってタイミングが分かったんだ？」

「わたしが長年にわたって研究を進めていた、占星術によるものでございます。この時代に明らかな厄災を示す星が見えたのです」

占星術か……。

特別な才能を持つ者にしか扱うことができないとされる、占いの一種だ。きっとハイエルフであるメルテラだからこそ、これほどの精度で当てることができたのだろう。

「この時代に目を覚ましたわたしは、赤子の脆弱《ぜいじゃく》な身体に慣れるのに苦戦しつつも、世界中を見て回りました。その結果、禁忌指定物による事件が各地で勃発していることを知り、犯人が動き始めたことを確信したのでございます。生憎とまだその尻尾を掴むことができてはいませんが……」

メルテラが真っ直ぐ俺を見る。

「それにしても、まさかあなた様がこの時代に転生されているとは思ってもみませんでした。これほど心強いことはありません。きっと神々のお導きでございましょう」

「けど、さっきよく俺だと分かったな？　見た目は赤ちゃんなのに。魔力の色だって違う」

「あの魔の渦旋を一瞬で消し去れるような赤子が、他にいるとは思えませんから」

目の前にもう一人いるみたいだけどな。

そんなやり取りをしていると、ファナたちが降りてきた。

「……目が回った」

「ちょっと、巻き込まないようにしなさいよ！」

「さすがは我が主。あれほどの魔法を一瞬で発動するとは」

俺は慌てて念話でメルテラに訴える。

『一応、前世のことは覚えてないってことになってるから、その辺よろしくな。もちろん俺が大賢者だったことも伝えてない。今の名前はレウスだ』

『？　なぜでございますか？』

『それはまぁ、その、なんというか……』

前世の記憶や人格そのままに転生したと知られたら、赤子としての楽しいスキンシップができなくなるからだ。

男なら全員が理解してくれるだろうが……どう考えてもメルテラにそれは期待できない。

『前世の記憶や人格そのままに転生したと知られたら、赤子としての楽しいスキンシップができなくなるから……ということのようですよ、メルテラ様』

『ちょっ、リンリン!?』

『なるほど……それで胸の大きな方ばかりなのでございますね。この姿まで若返っておいて正解でした』

メルテラがゴミでも見るかのような侮蔑の視線を向けてくる。

「って、なんか赤子が一人増えてない!?」

先ほどまでいなかったはずの赤子エルフに、アンジェが驚きの声を上げた。

「メルテラと申します。以後、お見知りおきを」

「普通に喋った!? まさか喋る赤子が、こいつ以外にもいるなんて……もしかして、珍しいことじゃなかったりするのかしら……?」

「いいえ、恐らくはわたしとこちらのアリ……レウス様だけかと存じます」

「赤子とは思えないほど丁寧な口調だし……」

「はい。赤子に見えるかと存じますが、中身は大人でございますので。特殊な魔法を使って、この姿に自らの肉体を若返らせたのです」

「そ、そんなことが可能なの？ ん？ ということは……」

アンジェが俺を見てくる。

「ぼ、僕はそんな魔法は使ってないよ！」

「本当かしら？ その魔法なら、今までの疑問がすべて説明できるんだけど？」

「本当だよ！」

嘘《うそ》は言っていない。俺の方は転生だからな。

「じゃあ何でこのエルフの赤子と面識がある感じなのよ？」

「ぎくり」

脳筋アンジェのくせに鋭い……。

最近ただでさえ彼女に色々と疑われ、警戒され始めているというのに、これではますます抱っこしてもらえなくなってしまうじゃないか。

くっ……だがたとえアンジェに拒絶されたとしても、俺にはまだファナがいる――

「ん、かわいい」

ファナがそう呟きながら、メルテラを抱き上げた。

「エルフの赤ちゃん？」

「いえ、わたしはハイエルフでございます」

「そう。少し、高貴な感じ？」

「そうですね……そう認識していただければよいかと」

二人の様子を呆然と見つめながら、俺はショックのあまりよろめいてしまう。

今まで一番俺を抱っこしてくれたのがファナだった。

服を着ているときだけではない。時には裸のままで抱っこしてくれることもあった。

そんなことをしてもらえるのは、赤子の俺だけだ。

彼女の胸は、俺の特等席。

そう思っていたのに――

俺の特等席がっ……メルテラに奪われたああああああああああああああああっ!?


「そんな……」

絶望に打ちひしがれる俺に、リントヴルムが呆れた声で言う。

『マスター、端的に言って気持ち悪いです。何が特等席ですか』

『ただでさえ最近アンジェが警戒して俺を抱っこしてくれなくなってきていたんだ！　それでもファナは相変わらず無警戒に俺を抱っこしてくれていたっていうのに……っ！』

『ザマァです』

我慢できずに俺は念話でメルテラに訴えた。

『そこは俺の特等席だぞ!?　何で勝手に抱かれているんだ!?』

「ところでファナ様。実はあちらの赤子、正体は――」

『ぎゃあああああっ!?　ちょっと待て!?　それを言っちゃうのはダメえええええっ！』

そうだった。俺の前世を知るメルテラには、弱みを握られているのも同然。

彼女を怒らせてしまっては本末転倒である。

残念ながらどうしようもない。

「……ぐすん」

「我が主、なぜ泣いている？」

「ああ、リル……そうだった、まだお前がいてくれた……」

リルは俺のペットだ。

ファナと違って、きっと俺だけを抱っこしてくれることだろう。

俺は半泣きでリルの胸へと飛び込むのだった。


その後、俺たちは海底神殿内にいた魔物を掃討していった。

「だけど、随分と骨が折れるわね……」

「ん。しかも、外にはもっといる」

魔の渦旋を消失させた今、新たな魔物が生まれる心配はないとはいえ、すでにいる魔物だけでも相当な数だ。

それを片づけなければ、この海に平穏が戻ってくることはない。

『マスターの追跡型広域駆除魔法であれば簡単でしょう』

『そうだな……』

『どうしたのですか、そんな気のない返事をされて？』

『だって……』

俺はジト目でアンジェを見る。

その豊満な胸には、赤子のメルテラが抱えられていた。

『アンジェにまで抱っこされやがって！　俺なんて最近ぜんぜん抱いてもらえないのに！　しかもメルテラの中身が大人だって分かってるはずだろう⁉』

『そもそも性別が違います』

『酷い！　男女差別だ！』

『それとマスターからは卑猥な気配が出ていますので』

『もういい！　やっぱり俺にはリルしかいない！』

リントヴルムとそんなやり取りをしていると、メルテラが言った。

「魔物の殲滅であれば、わたしにお任せください」

「ん、何かいい方法がある？」

「はい。ひとまず神殿を出ることにいたしましょう。……それと、自分の足で歩くことができるので、降ろしていただいても大丈夫ですよ？」

「気にしなくていいわよ！　あなた、こっそり胸を触ったりしてこないし！　外まで運んであげるわ！」

「……では、お言葉に甘えて」

どうやら俺がアンジェに抱っこされているとき、秘かに胸を揉んでいたことがバレていたらしい。

『拒否されるのも当然かと』

そうして最初に入ってきた穴から外に出ると、メルテラが何やら大掛かりな魔法陣を展開し始めた。

さらに俺たちの周りに結界を張ってから、

「では参ります。――終焉冷却《ダイパアース》」

直後、周囲の海水が瞬く間に凍りついていった。

迫りくる氷結に気づいて魔物が必死に逃げ出そうとするも、すぐに追いつかれて氷の檻《おり》に閉じ込められてしまう。

気が付くと俺たちのいる結界の内側以外、海が完全に凍ってしまったのだった。

「――砕けなさい」

さらにメルテラがそう呟くと、氷結した海に無数の亀裂が入っていく。

それは凍った魔物の身体も例外ではない。

「……ふう。これで氷が溶けたときには、大方の魔物が絶命しているはずでございます」

宣言通り、魔物をあっという間に全滅させてしまった。

そういえば、メルテラは氷系統の魔法を得意としていたっけ。

だがこれほどまでの大魔法を容易《たやす》く使いこなしてしまうとは……。

ハイエルフの長い寿命のお陰もあるだろうが、俺が死んでからさらに腕を上げたようだ。

「大半の魚は生きているはずですから、漁業には支障がないでしょう」

魔物とは違い、身体の小さい魚は氷の亀裂の隙間で難を逃れているようだ。

もちろん今は一緒に凍ってしまっているが、仮死状態になっていて、解凍するとまた動き出すらしい。

「凄いじゃない！　こんな魔法を使えるなんて！」

アンジェが目を輝かせ、メルテラを再び抱き上げる。

「……あの、アンジェ様、先ほども申し上げた通り、中身は大人なのですが」

赤子扱いされて少し不服そうなメルテラ。

「あ、つい……。でも、減るものじゃないし、別にいいでしょ？」

アンジェはそう言って、ぎゅっとメルテラを抱き締めた。

「お姉ちゃん！　僕ならいつでも抱っこしてくれて構わないよ！」

「あんたはお呼びじゃないから」

「ひ、酷い！　同じ赤子なのに！」

冷たくあしらわれ、俺は思わず抗議する。

赤子差別反対！　すべての赤子に抱っこの権利を！

「そんなことよりレウス様。陸に戻りたいので、後はよろしくお願いします」

「そんなことだって!?　俺にとっては重要案件だぞ！」

「正体を――」

「僕に任せて！　炎球！」

俺が魔法を発動すると、球状の炎が前方の氷を一瞬で溶かしていく。

そうして浜辺まで続く穴ができると、俺たちはそこを歩いていった。

浜に戻ると大騒ぎになっていた。

急に海が凍り付いてしまったのだから当然だろう。

「こんな現象、初めて見たぞ！　魔物の大量発生といい、一体海で何が起こってるんだ……？」

「おい、見ろ！　冒険者たちが帰ってきたぞ!?」

「ほ、本当だ！　無事だったのか！」

地元の人たちが驚きながらも俺たちを出迎えてくれた。

「もう大丈夫だよ、おじちゃんたち。原因は取り除いたし、大量発生した魔物も海の中にいたのはほとんど倒せたと思うから」

「ま、まさか、この凍った海はお前さんたちの仕業かっ？」

「うん。氷が溶けたら漁業を再開できるはずだよ」

暖かい季節だし、氷解までそれほど時間はかからないだろう。

浜に上陸してしまった魔物くらいは、彼らだけでもどうにかなるはずだ。

水棲の魔物は、陸上で相手をするなら大して強くないからな。

「と思ったけど、できる限り早く浜辺を平和にして、海水浴客に戻ってきてもらわないと！」

拳を握りしめて叫び、早速大掃除に取り組もうとする俺に、メルテラが首を振った。

「いえ、レウス様。そんな暇はございませんよ」

「え？」

「こうしている間にも、敵が各地で禁忌指定物を使用し、被害が拡大している可能性もございます。のんびりしてはいられません」

「そんなぁ……」

第二章　勇者祭

平穏を取り戻した浜辺をすぐに旅立った俺たちは、再び魔導飛空艇で空を飛んでいた。

……水着美女で溢れる海水浴場を夢見て必死に抵抗したのだが、そもそも海水浴場として利用できるようになるまでには相当な時間がかかると言われて、泣く泣く従ったのだ。

ちなみにファナたちには、メルテラがあの大賢者の塔の生き残りであり、当時の危険な魔導具や研究記録などを見つけ出すために活動していることは話してある。

「それは大変だ！　僕たちも協力しないと！　実は偶然にもつい最近、その塔に行ったばかりだからね！　無関係ではいられないよ！」

「なんか怪しいわね？　会ったばかりのエルフのことを、やけに信用してるし。あの塔にあたしたちを連れていったことといい、あんたも実は生き残りの一人なんじゃないの？」

「ばぶう？」

そんな俺たちの新たな目的地はというと。

「アルセラル帝国？」

「はい。現代において、ここが世界有数の大国と言っても過言ではないでしょう。これから行くその帝都には世界各地から様々な情報が集まってくるため、わたしが拠点として利用しているのでございます」

そして禁忌指定物が引き起こしたと思《おぼ》しき事件の情報を得ては、現地へ赴くという日々を送っていたそうだ。

『若い女性の胸ばかり追いかけていた誰かさんとは大違いですね』

『俺は事情を知らなかったんだから仕方ないだろ……。にしても、アルセラル帝国か。聞いたことのない国だな』

前世の俺が死んだ後にできた国なのかもしれない。

ただ、何となくどこかで耳にしたような名前のような気がするが……。

「かつては国どころか、小さな村でしかありませんでしたから。ただ、知る人ぞ知る有名な村でもありました」

「そうなのか？」

「はい。なにせこの国は、かの勇者リオン生誕の地、アルセラル村がその前身でございますから」

勇者リオン。

かつて俺と一緒に、魔王と呼ばれていた凶悪な魔族を倒した男だ。

「へえ。あいつの出身地なのか」

「はい。今では勇者リオンは、伝説の存在として神のごとく崇められています」

魔王討伐後はほとんど会う機会がなく、俺が死ぬ何十年も前に亡くなったという話だけは聞いていた。

どうやらその勇者の生まれた村が、今では世界最大の国にまで発展を遂げてしまったらしい。

『大賢者の塔が崩壊したマスターとは大違いですね。人望の差でしょうか？』

リントヴルム辛辣すぎぃ……。

『確かにあいつは人間的にも良いやつだったからな。しかも美人のお姫様の求愛を蹴って、故郷の幼馴染と結婚したらしいし……くっ、その二択とか死ぬほど羨まし過ぎる……っ！』

ちなみに俺だったら胸の大きな方を選ぶ。異論は認めない。

「そして現在この国を治めている王族たちは、勇者様の子孫であるそうでございます」

『勇者は大勢の子供や孫たちに見守られながら幸せな最期を迎えたそうですね。……一方、一人も子供を残すことができなかったマスター』

比べちゃダメ、ぜったい！

『もしかしてまだ童貞なのでは？』

『どど、童貞ちゃうし!?』

「……あ、見えて参りましたね」

そうこうしている間に、その帝都とやらに着いたらしい。

「ほほう、さすがに立派な都市だな」

空から見下ろし、俺は思わず感嘆の声を漏らす。

分厚い城壁に囲まれ、高い建物が所狭しと建ち並んでいるにもかかわらず、決してごちゃついた感じはなく、非常に秩序だった印象だ。道路も真っ直ぐ造られているし、きっと明確な都市計画の下に発展してきたのだろう。

都市から少し離れた場所で地上に降り、街道を歩いて城門へと向かう。

全部で七つの城門があるらしく、そこを起点とした街道が、この国の隅々にまで延びているそうだ。

「ちょっと！　すごい並んでるじゃない！」

「ん」

「そうでございますね……普段はここまでではないはずですが……」

城門前に行列ができていた。

都市内に入ろうとする人数が多いせいで、検問に時間がかかっているらしい。

特別な許可証を持っていれば、検問を受けずに中に入ることができるようだが、生憎と初めてこの都市に来た俺たちにそんなものはない。

「いえ、Aランク以上の冒険者ギルド証があれば許可証として利用できますよ」

「そうなのか？」

ちなみにメルテラもAランクの冒険者だという。

「Aランク冒険者の赤子が二人もいるなんて……ほんとどうなってるのよ……」

「レウス様はともかく、わたしは実年齢で登録しています」

初めて冒険者ギルドを訪れたときは、当然めちゃくちゃ驚かれたらしい。

ただ、見た目が幼いだけで中身は何百年も生きているハイエルフだと伝えれば、結構すんなり納得されたそうだ。

「その方が色々と都合がいいですから」

『マスターもそうすればいいのでは？』

『断固拒否する』

そうして行列に並ばずにすんなりと中に入れた俺たちは、メルテラの案内でとある建物へとやってきた。

「ここは何だ？」

「新聞社でございます」

「新聞社……？」

聞き慣れない言葉に、俺は首を傾げる。

「新聞というのは、最新の政治動向や事件、国際情勢、あるいは珍しい情報などを載せた紙媒体の定期刊行物のことでございます」

「へえ、そんなものが」

「ここの〝アルセラルジャーナル〟は、その新聞の先駆けとなったもので、世界各地にまで記者を派遣し、世界中の情報を扱っているのです。それもあって他国でも割と知られていますよ」

ファナが「そういえば」と呟いた。

「ベガルティアの冒険者ギルドで、誰かが読んでた」

「あのペラペラの紙ね！」

アンジェも頷く。

冒険者は世界各地を飛び回っている者も多い。彼らのために、新聞を販売している冒険者ギルドもあるそうだ。

「お姉ちゃんたちも読んだことあるの？　どんなことが書かれてた？」

「読んでない。読む気にもならない」

「あたしも……だって文字ばっかりだし！」

販売はしていても、脳筋が多い冒険者の中に読んでいる人は少ないようである。

「これが新聞でございます」

「ほうほう」

新聞社の建物内に入ると、ロビーらしきところに刊行されたばかりの新聞が置かれていた。

誰でも読むことができるようなので、どんなことが書かれているのか、適当に捲《めく》って確かめてみる。

「確かに文字ばかりだね。所々に絵があるけど。内容は……えーと、なになに？　――空を飛ぶ謎の物体を目撃！　古代の飛空艇か？　――Aランク冒険者パーティ、ついに『大賢者の塔』へ！　世界初の偉業を達成。――人気の海水浴場で、魔物が原因不明の大量発生。地元漁師も漁ができず嘆く」

……なんかどこかで聞いたことのある情報が書かれているような？

「ええと、他には……。――勇者祭の武闘大会、間もなく開催。今年は過去最大の出場希望者数を大幅に更新」

勇者祭？

俺の読む新聞を横から覗き込みながら、メルテラが言う。

「どうやらこの国で毎年この時期に行われている祝祭のようでございますね。伝説の勇者リオンを讃《たた》えるため、世界各地から観光客が訪れると書いてあります。なるほど、あの行列はそのせいでしたか」

さらにこの勇者祭では、数年前から武闘大会なるものが行われているらしい。

世界中から集った腕自慢たちが競い合い、優勝者には『勇者』の称号が与えられるという。

「優勝したら勇者になれる？」

「すごいじゃない！」

ファナとアンジェが目を輝かせた。

「しかも、当時の勇者が装備していた武具を贈呈されるって書いてあるよ？　そんな貴重なもの、あげちゃっていいの？」

「ん、出るしかない」

「そうね！　戦闘民族の血が騒ぐわ！」

何やら二人とも出場する気満々だ。

「面白そうだね。出るかどうかはともかく、せっかくだし観てみたいね」

俺がそう言うと、メルテラが首を左右に振って、きっぱりと言った。

「いえ、残念ですがそんな暇はございません。ここ最近は禁忌指定物がらみの事件が頻発しています。すぐにでも次の現場に向かわないと――」

「おおっ、メルテラ殿、戻ってこられたっすか！」

そのとき急に元気のいい声が聞こえてきて振り返ると、そこにいたのはピシッとした服に身を包んだ快活な印象の女性だった。

「マチルア様」

「知り合い？」

「はい。彼女はここの記者でございます」

マチルアと呼ばれたその女性は、どうやらこの新聞社で記者をしているらしい。

「魔物の大量発生を解決してまいりました」

「マジっすか？　詳しく聞かせてほしいっす！」

禁忌指定物のことは伏せつつ、海底神殿の奥にあった渦のことを話すメルテラ。

「というわけでございました」

「なるほどっす！　突然の魔物の大量発生の原因は、魔物を生み出す謎の渦！　Aランク冒険者たちの活躍で、海辺に平和が戻った！　しかし謎は残ったまま！　一体この渦の正体は!?　って感じっすね！」

最新の情報を得ることができたマチルアは嬉しそうだ。

「メルテラ殿のお陰で、いいニュースが入ったっす！」

「いえいえ、こちらこそ、いつも情報をありがとうございます。ところで何かまた気になる事件などありませんでしたか？」

今のところ新聞は週刊、つまり週に一回しか発行されていないという。

そのため新聞が発売されるのを待っていると、どうしてもタイムラグが生じてしまう。

どうやって知り合ったのかは分からないが、メルテラはこうして記者であるマチルアから直接情報を得ているらしかった。

「事件を解決して帰ってきたばかりなのに、もう次っすか？　相変わらず働き者っすねぇ。詳しい事情は知らないっすけど、あまり無理はしない方がいいっすよ？」

「若い肉体ですから、多少の無理は平気でございますよ」

「さすがにちょっと若すぎるっすけど」

マチルアは苦笑してから、

「ん～、そうっすねぇ……メルテラ殿が欲しがるようなのはたぶん、今のところないっすね」

「そうでございますか」

「ところで……見かけない人たちっすね？」

そこで初めてマチルアの注目が俺たちへと向いた。

「彼女たちもAランクの冒険者でございます。今回の事件を解決できたのは、実はほとんど彼女たちのお陰です」

「すごいっすね！　全員Aランク冒険者っすか！　みんな若いのに！　……この赤子は？」

「僕も一応Aランク冒険者だよ」

「あああ、赤子が喋ったっすうううううううっ!?」

さっきからメルテラも喋っていただろ。

「な、なるほどっす。この子もメルテラ殿と同様、中身は大人ってパターンっすね」

「ううん、僕は正真正銘ガチの赤子だよ。生まれてまだ半年経ってないくらい」

「もっとヤバいパターン来たあああああああああああっす！　名前は!?　生まれたのはどこっす!?　なんでそんなに流暢《りゅうちょう》に喋れるっす!?　親は!?」

「ちょっ……」

記者魂が爆発したのか、物凄い勢いで訊いてくるマチルア。

「メルテラ殿のことを記事にしたときも大反響だったっすよ！　これはそれを超える大スクープかもしれないっす！　ハァハァ！」

目が血走り、鼻息が荒い。

マチルアはかなり興奮しているようだ。

『し、しまった……面倒そうな相手に余計なことを言ってしまったかもしれない……』

『そのようですね。ここは潔く、真実を洗いざらい自白してみては？』

何の参考にもならない提案をしてくるリントヴルムのことは、もちろん無視する。

「そういえば、以前から赤子の冒険者が誕生したという情報があったような……あまりに荒唐無稽で、紙面には載せられないと一蹴されてたっすけど、まさか本当だったっすかあれなんか急に眠気が……」

マチルアが突然よろめき出す。

フラフラと近くに設置されていた応接用の椅子に座ると、そのまま眠ってしまった。

「レウス様、もしかして何かされましたか？」

「うん。ちょっと面倒そうだったからさ。目を覚ましたときには、きっと今のは夢の中の話だと思うはずだよ」

俺が強制的に眠らせたのだ。

せっかく俺は第二の気ままな人生を謳歌しているというのに、この新聞なんてものに掲載され、大々的に拡散されたりしたら堪《たま》ったものではない。

『……どのみち時間の問題かと思いますが』

そうして新聞社を後にしたところで、ファナが切り出す。

「ん。武闘大会。出る時間ありそう？」

「そうですね……今のところそれらしい情報はないようですし……」

メルテラは仕方なさそうに頷いた。

「決まりね！　腕が鳴るわ！」

アンジェはもう出場する気満々で腕を振り回している。

「さっきの新聞に書いてたけど、勇者祭はもう明日から、武闘大会は明後日《あさって》から開催みたいだよ？

今からでも出場できるのかな？」

「ん、ちょっと訊いてみる」

ファナが道行く人に声をかけると、親切なおばちゃんが教えてくれた。

どうやらちょうど今日まで出場者を受け付けているらしく、さらに受付会場への行き方まで説明してくれた。

「あれが闘技場だね」

「ん、すごい大きい」

そうしてやってきたのは、武闘大会の会場でもある闘技場だ。

普段から剣闘士の試合や魔物の討伐パフォーマンスなどが行われているようで、数万人もの観客を収容できる規模らしい。

その闘技場の一画で出場者の受付が行われていた。

「武闘大会に出たい」

「あたしもよ！」

「あなた方が？　失礼ですが、誰でも彼でも出場できるというわけではありませんよ？」

「「そうなの？」」

受付の女性に言われて、面食らうファナとアンジェ。

「例年は希望者全員を受け付けていたのですが、年々希望者が増加してきたこともあり、今年から最低限の実績のある方のみとなったのです」

「実績？」

「具体的にはどんなのよ？」

「そうですね。例えば前年で相応の成績を残された方でしたり、どこかの騎士団に所属されている方でしたり、あるいはCランク以上の冒険者の方でしたり」

どうやら冒険者でも構わないらしい。

「ん、Ａランク」

「あたしもよ！」

「っ!?　こ、これは失礼しました！」

ドヤ顔でＡランクの冒険者証を見せた二人に、受付の女性が慌てて謝罪する。

「師匠はどうする？」

「僕はやめておくよ。あんまり目立ちたくないからね。メルテラは？」

「わたしも遠慮させていただきます」

「それは助かるわ。さすがにあんたたちには勝てそうな気がしないもの」

俺とメルテラは参加を遠慮することに。

「では代わりに我が参加しよう。何をするのかよく分からぬが、何となく面白そうだ」

「……うーん、リルこそやめておいた方がいいと思う」

「む？　そうか？」

手加減が苦手なリルが出場したら、死人が大量に出そうだからな。

結局、武闘大会にはファナとアンジェの二人だけが出ることになった。

そうして翌日、勇者祭が始まると、元から賑やかだった街がさらに賑わいを増した。

街の至るところが華やかに飾り立てられ、勇者の装備を模したと思われる鎧《よろい》に身を包んだ人たちが、大通りを練り歩いている。

さらに街のあちこちに勇者の像が設置され、そこで祈りを捧げる人たちの姿も。

『さすが勇者ですね。死後も大人気です。誰かさんとは違いますね、マスター』

『くっ……俺だって実績じゃ勇者にも負けてないはずなのに……っ！　何でこんなに違うんだ……？』

『やはり人望でしょう』

こんなことなら、俺ももうちょっと生まれ故郷に貢献しておくべきだったかもしれん。

実家を出てから結局一度も帰らなかったからなぁ。

もし前世の俺の故郷もこんなふうに大国の首都になっていたら、大賢者祭なるものが開催されていたかもしれない。

『そこへ颯爽《さっそう》と現れる大賢者の生まれ変わり！　国中の美女たちが殺到して、一瞬で大ハーレムを作り上げられていたかもしれない……っ！　ああ、なんと勿体ないことをしたんだ……』

俺が嘆いていると、急に周囲の人たちが騒《ざわ》めき出した。

「勇者様だ！　勇者様だぞ！」

「「「勇者様～っ！」」」

え？　勇者？

大勢の人が行き交う、大通りの向こう。

護衛らしき騎士たちに囲まれながら、明らかに他の勇者コスプレたちとは違うオーラを持つ青年が、白い馬に乗ってこちらに近づいてくるのが見えた。

絹のような美しい金髪に、宝石のような碧眼《へきがん》。

整った顔立ちはまるで、神が精巧に作り上げた彫像のようだ。

その姿は、まさしく俺と共に魔王を討伐した勇者リオン――

「……いや、本物じゃないな」

一瞬勇者リオンかと思ったが、違う。

俺が知る勇者リオンも金髪碧眼の美青年で、その特徴だけ挙げれば確かによく似ているが、さすがに同一人物でないことは遠目から見ても分かる。

ただ、身に着けている装備はもしかしたら本物かもしれない。

レプリカなどではありえない強い輝きを放っていて、間違いなく伝説の金属とされるオリハルコン製だろう。

近くにいた人に話を聞いてみると「まさか知らないのか……？」という顔をしつつも、教えてくれた。

彼はこの国の第七皇子、オリオン＝アルセラルだという。

勇者の血を引く王族で、伝説の勇者リオンの生まれ変わりと言われているらしい。勇者祭の武闘大会は彼のために創設されたそうで、昨年まで圧倒的な実力を示して四連覇中だとか。

なるほど、あの勇者の子孫なのか。似ているのも頷ける。

しかし、生まれ変わり、か……。

『マスターと同じように転生されたのでは？』

『その可能性はないな』

『というのは？』

『本当にあの勇者なら、この程度じゃないはずだ。勇者リオンは当時の世界でも、恐らく唯一、俺とまともにやり合える強さを持っていた人間だからな』

『なるほど』

大歓声の中、その勇者一行は俺たちのすぐ目の前までやってくる。

「当然、彼も今回の武闘大会に出場されるでしょうね」

「勇者と戦えるかも？」

「面白そうね！」

武闘大会で優勝すると、あのオリハルコンの勇者装備が貰《もら》えるわけか。

いや、本当にそんな貴重なものをあげていいのか……？

『万一、彼が敗北を喫した場合はこっそりレプリカと入れ替えるのでは？　もしくは絶対に負けるはずがないと高を括っているか』

『勇者はあの装備を身に着けて出場するんだろうか？』

『きっとそうでしょう』

『だったらそうそう負けはしないだろうな』

中身がイマイチであっても、あの装備を身に着けていれば、弱体化したこの時代の人間相手で後れを取ることはまずないだろう。

あの勇者、勇者リオンと比べてしまうと全然だが、決して弱いわけではなさそうだし。

今のファナやアンジェでも、勝てるかどうか――


「「「きゃーっ！　勇者様かっこいい～～っ！　おっぱい揉んで～～っ！」」」


「――敗北しろクソリア充っっっっ！」

不意に聞こえてきた美女たちの黄色い声援に、俺は思わず叫んでしまった。

てか、皇子の上に勇者だと？

見た目も超イケメンだし、どう考えても恵まれ過ぎだろ！

しかも美女たちに「おっぱい揉んで」と言われても、完全な無反応である。

きっと普段から美女の巨乳を揉みまくっていて、今さら気にも留めないのだろう。

俺なら今すぐ彼女たちの胸に飛び込んでいく。

羨まし過ぎる、もとい、許せん……っ！

「お姉ちゃんたち、絶対に勝ってね！　あんな勇者に負けないで！」

「ちょっと、急にどうしたのよ？」

「大勢の目の前で年下の女の子に負ける……そうすれば勇者の称号は失い、装備は奪われ、国民からは幻滅され……くくく、メシウマだぜ……」

「……レウス様、性格が悪すぎではございませんか？」


武闘大会前日の夜。勇者祭で街が賑わう中、大会出場者たちは闘技場裏にある広場に集まっていた。

出場するのは全部で百三十九名。

出場制限があったにもかかわらず、これでも過去最大らしい。

ただし、本戦の前に予選試合が行われ、それで一気に十五人にまで絞るようだ。

百三十九人を十五の組に分けて、同組の出場者たちが一斉に戦い、最後まで残った一人だけが本戦のトーナメントに進めるという。

ちなみに勇者は予選免除のようで、本戦からの出場だとか。

どの組に入るかはすでに抽選で決められているそうで、こうして出場者たちが集まったのは、これから組み合わせの発表が行われるためだった。

屈強な男たちが数多く集まり、ピリピリとした雰囲気が漂う発表会場。

血の気が多い出場者もいるようで、中にはその場で喧嘩《けんか》を始めてしまう者たちも。

「明日には武闘大会が始まるんだから、そこで決着つければいいのにね」

俺が呆れていると、

「あらぁん、すっごく可愛い子～～っ！」

そんな声と共に、化け物が現れた。

……いや、人間だ。

身長は二メートル超。はち切れんばかりの筋肉の持ち主で、見た感じ明らかに男性だ。ただ、顔に化粧を塗りたくり、髪をツインテールにし、フリフリのミニスカートを穿《は》いている。

……たぶん、きっと、恐らくは人間だろう。

「ねぇ、よかったらちょっと抱っこさせてくれないかしらぁ？」

野太い声質なのに、艶めかしい声色で俺を抱っこしているファナに懇願する謎の大男。

抱っこだと？　もちろんお断りだ！

「ん、どうぞ」

ちょっ!?

当人の意思を余所に、あっさり俺を大男に差し出すファナ。怪しい男に赤子を渡すなんて、とんでもない無警戒さである。

慌てて逃げようとしたが、大男が俺の身体を抱え上げる方が早かった。

「あああああんっ！　可愛いいいいいっ！　あたし、赤ちゃん大好きなのよねぇっ！」

こっちは男が大嫌いだよ！

しかも分厚い鉄板のような胸板に顔を押し付けられてしまう。

『よかったですね、マスター。巨乳を味わうことができて』

『雄っぱいはお呼びじゃねぇんだよおおおおおおおおっ！』

ようやくファナのところに戻ることができたときには、精神的なダメージを受け過ぎて俺はぐったりしていた。

「まったく泣かないなんて、とってもお利口さんねぇ」

心の中では号泣してるよ！

「そっちの子も可愛いわぁん？」

「わたしはこう見えて大人ですので、抱っこは遠慮させていただきます」

「あらっ、中身は大人なのぉ？　残念ねぇ」

続いて獲物を狙うような視線がメルテラに向けられたが、先んじてきっぱり断って、地獄の抱っこを回避していた。

ず、ズルい……っ！

『そう思うならマスターも中身が大人であると公言すればよいのでは？』

リントヴルムが呆れる中、今さらながらファナが大男に訊く。

「ん、誰？」

「あら、アタシったら。名乗るのも忘れちゃうなんて、アタシのばかばかぁ♡」

小さく舌を出して、自分の頭をこづく大男。

「うふぅん、アタシの名はゴリティーア。人呼んで、美のカリスマ、ゴリティーアよぉん」

美のカリスマだと？　どこがだよ！

「そう。わたしはファナ」

「ファナちゃんねぇ。とぉっても良い名前！」

「あたしはアンジェよ！　あんた、すごく強そうね！」

「うふふっ、アンジェちゃんたちも強そうだわぁん」

ゴリティーアと名乗る大男と、ごく普通に会話しているファナとアンジェ。

美のカリスマに誰もツッコまないだと……？

「アタシのことはゴリちゃんって呼んでね♡」

「ん、ゴリちゃん。よろしく」

「それにしても、随分奇抜な格好してるわね。でも、似合ってるわ！」

「あら、ありがとう♡」

似合ってはないだろ……。

どうやらアンジェは壊滅的な感性の持ち主らしい。

「ゴリちゃんは男？　女？」

相変わらずの無表情で、ファナが核心を突くような質問を投げかけた。

「うふふ、どっちだと思う？」

「……女？」

「ぶ～っ！　ふ、せ、い、か、い♡　アタシはね、心がちょ～～っぴり乙女なだけの〝漢《おとこ》〟なのよぉん！」

いや、漢なんて性別はないだろ。

「ん、なるほど」

「よく分からないけど、確かに漢らしい感じがするわね！」

なぜか納得しているファナとアンジェだが、生憎と俺にはまったく理解できない。

「な、なぁ、あの巨漢、もしかして……」

「あの格好にあの筋肉……間違いねぇ、Ｓランク冒険者のゴリティーアじゃねぇか」

「マジか。Ｓランク冒険者も出場するのかよ」

俺たちが謎の漢、ゴリティーアとやり取りしていると、他の出場者たちからそんな声が聞こえてきた。

「Sランク冒険者？」

「道理で強そうなわけね！」

冒険者の頂点。それがSランク冒険者だ。

世界にも数人しかいないらしいし、出場者たちがこの漢を知っているのも頷ける。

「うふふ、アタシはただひたすら美を追求して生きてきただけ。そうしたら、いつの間にかSランクになっちゃってたのよぉ」

明らかに美よりも武の才能の方があると思うのだが、本人は理解していないのだろうか？

そうこうしているうちに組み分けが発表された。

全部で十五組あるのだが、出場者の名前を書いた大きな紙が張り出されるのである。

「ん、五組目の出場」

「あたしは十三組目よ！」

「アンジェとは別の組」

「あんたとやるのは本戦までお預けってことね！」

どうやらファナとアンジェは上手く他の組に分かれてくれたようだ。

「あら、アタシは九組目のようねぇ」

ゴリティーアも別の組らしい。

「ぎゃあああっ、オレ、ゴリティーアと同じ組だっ……終わった……」

「ま、まぁ、元気出せよ」

「クソッ、俺も九組目じゃねぇか！　本戦に進めたら、彼女にプロポーズするつもりだったのにょっ！」

「ご愁傷様……」

彼と同じ組に入った出場者たちは阿鼻叫喚といった感じだ。

無論、逆にやる気を出している者もいる。

「いや、これはむしろチャンスだ。あの漢は間違いなく本戦進出の最有力。となれば、確実に全員が狙うはず。上手くいけば、一人対その他全員の戦いに持ち込めるかもしれない。前回本戦に進み、本来なら狙われる立場だった俺にとって、それはかえって好都合だ」

不敵に笑っているのは、どうやら前年の大会で活躍した男らしい。

「そもそも前回大会だって、有力な出場者が何人も予選で姿を消した。予選の方式から考えてある意味、当然のことだろう。むしろ力のある出場者を決勝に上げないようにしている可能性も……おっと、これ以上はマズいな。誰が聞いているか分からない」

ここに聞いてる赤ちゃんがいますけどねー？

「アナタたちならほぼ確実に決勝まで上がれると思うわぁん。もし戦うことになったら、そのときはよろしくねぇ♡」

「ん」

「Sランクが相手でも負けないわ！」

ゴリティーアはウィンクをしてから踵《きびす》を返すと、大きなお尻を振りながら去っていった。


翌日、武闘大会がスタートした。

初日と二日目は予選で、本戦であるトーナメント戦は三日目からだ。

にもかかわらず、数万人を収容できるという闘技場の観客席はすでに超満員だった。

出場者であるファナとアンジェには座席が用意されていたが、残念ながら俺とメルテラ、そしてリルにはなく、しかも座席は俺たちが購入しようとしたときには、すでに立見席も含めて完売していた。

このままでは応援することもできないところだったが、

「むしろ特等席だな」

俺たちは闘技場の上、空に浮かぶ飛空艇の中にいた。

中央に用意された円形のリングを、真上から見下ろすことができる場所だ。

「……いいのでございますか、こんなところで見ても？」

「大丈夫大丈夫。ステルスモードにしてるからまずバレないはずだ」

「さすが我が主。ここならよく見えるぞ」

そのとき会場中に大きな声が響き渡った。

『皆様、長らくお待たせいたしました！　いよいよ武闘大会の開幕です！　わたくしは実況を務めさせていただくマルコビッチと申します！』

魔法で音量を上げているらしく、この飛空艇の中までしっかりと聞こえてくる。まぁ別に盗聴魔法を使えば、観客の世間話まで明瞭に聴き取ることができるのだが。

『それでは開会宣言と参りましょう！　宣言してくれるのはもちろんこの方！　前回大会覇者にして、伝説の勇者の血を引く、この国の皇子！　オリオン＝アルセラル殿下ですっ！』

そうして観客が大歓声を響かせる中、リングの上に勇者装備に身を包んだ青年が姿を現した。

第三章　武闘大会

「「「きゃあああああああっ！　勇者様ああああああああっ!!」」」

勇者の登場によって、会場が黄色い歓声に包まれた。

皇子というこれ以上ない出自に加えて、あの整った顔立ち。

やはり圧倒的な女性人気である。

「ちっ、あいつが大観衆の前で負けて、女の子たちから幻滅される姿を見られるのは、本戦に入ってからか」

『マスター、赤子とは思えないような邪悪な顔をされてますよ？』

その勇者はリングの中央で腰に提げた鞘《さや》から勢いよく剣を抜き放つと、空に向かって切っ先を掲げてみせた。

この日は目の覚めるような蒼天。

降り注ぐ太陽光が、オリハルコンの刀身に反射して煌《きら》めいている。

あまりにも絵になる姿に、一瞬会場が静まり返った。その隙をつくように、勇者がよく通る声を張り上げる。

「第七皇子オリオン＝アルセラルの名において、武闘大会の開催を宣言する!!」

たった一言、シンプルな宣言だった。

それがかえって良かったのだろう、直後、爆発するような大歓声が轟く。

「「「うおおおおおおおおおおおおおおおおおおおおっ!!」」」

「皆の健闘を祈る！」

最後にそう言い残して、勇者は颯爽とリングを下りていった。

「なるほど、さすが皇子というだけありますね。この大観衆の中にあって、見事なほど堂々とした立ち居振る舞いでございました」

「まぁ勇者リオンにはできなかっただろうな、こういう真似は。あいつは貴族のような見た目のくせに、あんまり品がなかったし。田舎出身だから仕方ないが」

その子孫が今や王族となり、それに相応《ふさわ》しい気品まで身に付けたわけだ。

「……しかし、空からではあるが、こうしてしっかり現勇者を見てみると、なんかちょっと違和感がなかったか？」

「？　特に何も感じませんでしたが？」

『わたくしもですね。違和感というのは具体的には？』

「うーん、なんだろう？」

リントヴルムに詳細を求められるが、生憎と俺自身でもいまいちはっきりしない。

「感覚的なことなんだが……なんとなく、これじゃない感があるっていうか……」

「それはレウス様が、勇者リオンのことを知っているからではございませんか？　同じ勇者装備を身に着け、子孫であるとはいえ、あくまで別人ですから。そこに違和感を覚えているのでは？」

「そうかなぁ？」

そんなやり取りをしていると、すでに予選の最初の試合が始まろうとしていた。

第一組目に振り分けられたおよそ十名の腕自慢たちが、一斉にリング上にあがってくる。

『さあ、全員所定の場所についたようですね！　ちなみに最初の位置取りはランダムで決めていまして、選手たちにあらかじめ伝えてあります！』

位置取りによって多少の有利不利が出るから、ランダムにしているのだろう。

円形のリングなので、ちょうど等間隔に選手が並ぶ形だ。

まぁそもそも大勢で一斉にやり合うスタイルにしている時点で、あまり公平ではないが。

相手との距離が必要な魔法系の選手とか、明らかに分が悪いし。

ゴオオオオオオオンッ!!

開始の合図だろう、鐘の音が鳴り響いた。

『予選第一組の試合が始まりました！　おおっと！　開始と同時、いきなり武闘家のマオ氏が、物凄い勢いで隣の槍士ピット氏に飛びかかりました！　一瞬で間合いを詰められたピット氏、マオ氏の拳打を喰らって吹き飛ばされてしまう……っ！　そして魔法剣士のアルスト氏もまた、速攻を仕掛けました！　しかしこちらは騎士バリューマ氏によって、あっさり返り討ちにされてしまう……っ！　ちょっと恥ずかしい負け方です！』

互いに牽制し合って、すぐには試合が動かないかと思っていたら、予想以上に最初から激しい戦いになった。

ものの一分ほどで、一気に半分近くまで人数が減ってしまう。

なお、円形のリングから落下してしまったり、戦闘不能になってしまったり、あるいは降参したり審判がドクターストップをかけたりすると、脱落となる。

また意図的に相手を殺したりしてもその時点で失格負けだ。

そうして途中、四つ巴《どもえ》の乱戦になったりしつつ、最終的には盾を使って上手く攻撃を防ぎながら、バリューマという名の屈強な騎士が生き残った。

『帝国騎士団のバリューマ氏が、熟練の戦いぶりを見せつけ、本戦進出を決めました……っ！』

名の知れた騎士が生き残ったことで、大いに盛り上がった予選第一組。

勢いそのままに、続く第二組も白熱した戦いで観客が沸いた。

ただ、必ずしもすべての組で盛り上がるというわけではなく。

予選第三組の試合では、有力選手たちが真っ先に脱落するという波乱のスタートだったものの、その後は残った者たちが長々と牽制し合ったせいでなかなか決着がつかず、観客からブーイングが浴びせられるほどだった。

予選第四組でも、早々に有力選手が敗れ、その後は第三組ほど長い試合にはならなかったものの、いまいち盛り上がりに欠けるグダグダとした試合展開に。

そして最後は試合開始から消極的な戦いしかしていなかったシーフの男が、ぬるっと勝ち抜いてしまった。

そんな感じで消化不良気味の試合が続いた後に、予選第五組で登場したのがファナだ。

「おいおい、あんな小娘まで出場できるのかよ！」

「今回から出場制限があるんじゃなかったのか！」

「むしろ前回よりレベルが下がったんじゃねーかっ！」

あちこちから容赦のない野次が飛ぶ。

もちろんファナは、そんな声などどこ吹く風だ。

そして試合が始まると、野次を飛ばしていた観客たちが押し黙ることとなった。

「ん」

「ぎゃっ!?」

「ん」

「ぐはっ!?」

「ん」

「どぐおっ!?」

リング上はまさにファナの独壇場だった。

ぐるりと時計回りに走り出した彼女が、近いところにいる相手から順番に斬り倒していったのである。

「こ、この女、かなりできるぞ!?」

「全員で囲めっ！」

慌てた他の選手たちが、一斉にファナ一人を取り囲み、次々と躍りかかった。

だが複数人でも、ファナを止めることはできない。

『な、なんという強さでしょうか!?　まだ十代と思われる少女が、腕自慢の戦士たちを軽々と切り捨てていく……っ！　おっと!?　い、今、手元の資料を改めて確認したところ、なんとファナ氏、この歳でAランク冒険者のようですっ！　道理で強いわけです……っ！』

ファナの実力を侮っていたのか、実況はロクに資料に目を通していなかったようである。

「た、ただの小娘じゃなかったんだな……」

「Aランク冒険者とは……」

「お、俺は薄々、そうなんじゃないかと思っていたけどな……？」

先ほど野次を飛ばしていた連中は気まずそうである。

やがて最後の一人が倒されると、会場はこの日一番の大歓声に包まれたのだった。

その後、八組目までの試合が終わったところで、予選の初日が終了。次の九組目からの試合は二日目へと持ち越された。

そして翌日。

『さあ、予選からすでに大白熱の武闘大会も、二日目となりました！　本日ついに、本戦に進む全選手が決定します！』

前日に引き続いて満員御礼の中、九組目の試合へ。

『この組における最大の有力選手は、なんといっても、やはりSランク冒険者のゴリティーア氏でしょう！　これまでAランク冒険者は、何度かこの大会にも出場してきましたが、Sランク冒険者は初！　世界でも数えるほどしかいないとされるSランクの実力に、注目が集まります！』

円形のリングへ出場者たちが上がってくる。

「な、なんてデカさだよ」

「百九十センチある大男も、隣に並ぶと小さく見えるぜ……」

「だがそれよりも……なんて格好だ、あれは……？」

体格のいい者たちが多い中にありながら、ゴリティーアの巨漢はひときわ目立つ。

無論、その容姿や服装もめちゃくちゃ目立っていた。飛空艇からでもよく分かる。

「あ、あのままの格好で出場されるのでございますね……」

「武器も持ってないな。あの鍛え抜かれた身体そのものが武器ってことか」

そのゴリティーアを、当然ながら選手たち全員が警戒している。

ファナのときと同様、恐らくゴリティーア一人対残り全員といった戦いになるだろう。

そして予想通り、鐘の音が鳴ると同時に、他の出場者たちが協力し合ってゴリティーアを取り囲む。

しかもファナのときと違って、しっかりとした陣形を組んでいた。

どうやら事前に打ち合わせをしていたらしい。

「あらぁん、アタシったら、大人気みたいねぇん♡」

他の出場者全員に狙われているというのに、ゴリティーアはむしろ嬉しそうに腰をくねらせている。

地獄の微笑《ほほえ》みと共に彼がウィンクをすると、会場のあちこちで「おえええっ」という声が聞こえてきた。

取り囲んでいる出場者たちも頬を引き攣《つ》らせ、思わず視線を逸《そ》らそうとしてしまう。

「そこっ！」

「っ!?」

そのうちの一人、剣士の男をいきなり一喝するゴリティーア。

「戦いの途中に目を逸らすなんて、絶対にしちゃいけないわっ！　アタシがその気だったら、今アナタやられてるわよ！」

「くっ……」

真っ当な指摘に、その剣士は何も言い返せない。

慌ててゴリティーアの動きを注視する。

「そう！　しっかりアタシを見るのよっ！　みんなもよっ！　分かったわね！」

そうして全員の真剣な視線を一身に浴びる中、ゴリティーアは——


——踊り出した。


「たたたたた～ん、たた～ん、たたたたた～ん♪」

謎のメロディーを口ずさみながら、その巨体で無駄に優雅な踊りを披露するゴリティーア。

手足の先にまでしっかり意識が向いているようで、足先は常にピンと伸びきり、武骨なはずの手の指は色っぽさを感じるほどの繊細な動きをしている。

「たたたたた～ん、たた～ん、たたたたた～ん♪」

先ほどの一喝もあってか、誰もそんな彼から目を離すことができない。

Sランク冒険者の謎の行動に、会場もシンと静まり返り、ただただゴリティーアの野太い声のメロディーが響き渡る。

そのまま時間だけが過ぎていき、やがて一分ほど踊り続けただろうか。

「「「「いや俺たちは何を見せられている!?」」」」

リング上の選手たちが一斉にツッコんだ。

「貴様っ、何なんだ、その踊りは!?」

「こんなに注目されて、つい踊りたくなっちゃったの♡」

どうやら単に踊りたかっただけらしい。

「い、今すぐやめろ！　見ていると精神がおかしくなりそうだ！」

「ここは貴様のための劇場じゃないんだぞ!?」

「夢に出てきそうで怖い……っ！」

選手たちが声を荒らげ、罵倒する。俺だって罵倒したい。

「あらぁん、随分と失礼な物言いねぇ？　アタシの踊りの美しさが分からないなんて……」

「分かって堪るか！　おい、とっとやるぞ！　これ以上、こいつの好きにさせるな！」

「「「おおおおおおおおっ!!」」」

激怒した他の選手たちが、雄叫《おたけ》びと共にゴリティーアに襲いかかった。

昨日、ファナも同じように集団から集中砲火を受けたが、常にリングの上を動き回り、上手く攻撃を回避しながら戦っていた。

だがゴリティーアはその場から一歩も動かない。

剣が、槍《やり》が、拳が、魔法が、その巨体へ次々と叩き込まれる。

幾ら鋼のような筋肉に覆われているとはいえ、相手も武闘大会に出るような腕自慢たちだ。

さすがのSランク冒険者も一溜まりもないと思われたが、

「ああんっ！　良いわねぇ！　もっともっと攻めてきてちょうだぁい……っ！」

「っ!?　馬鹿な、まったく効いていないだと!?」

ダメージを受けた様子がない。それどころか、むしろ喜んでいる。

思わず攻撃の手を緩めてしまうと、

「だめだめぇっ！　この程度じゃアタシは喜ばせられないわよぉん！」

「誰も喜ばせようなんて思ってねぇよ!?」

「何なんだ、こいつは!?」

「本物の化け物かっ!?」

選手たちは狼狽《うろた》え、もはや逃げるように距離を取ってしまう。

戦意を失いかけている彼らに、ゴリティーアはつまらなさそうに嘆息する。

「あらぁん、残念ねぇ……もうお終《しま》いなのぉ？　アタシはまだまだイキ足りないのにぃ……」

そして大きく息を吸ってから、思い切り拳をリングに叩きつけた。

ズドオオオオオオオオオオオオオオオオオオオオンッ!!

「「「～～～～～～～～～～～～～～～～～～～～～～～～～～～～ッ!?」」」

闘技場全体が揺れるほどの衝撃。

リングに凄まじい亀裂が走り、選手たちの身体が一瞬宙へと浮き上がった。

「「「あ、あ、あ……」」」

そのままリング上で尻餅をついてしまった選手たちの中に、もはや戦闘を継続する意思のある者はいそうになかった。

「アタシ、弱い者イジメは嫌いなのよねぇ？　降参してくれるかしらぁ？」

ゴリティーアの提案に、全員そろって頭をぶんぶんと縦に振った。

『こ、これは……っ!?　信じられないことに、ゴリティーア氏、戦わずして本戦への進出を決めてしまいました！　これがSランク冒険者の実力……っ！　圧倒的ですっ！』

実況の驚きの声が会場に響き渡る。

ともすれば消化不良気味な呆気ない終わり方だったが、Sランク冒険者の強さを目の当たりにしたせいか、観客席のどよめきがなかなか収まらない。

「ふむ。やはり只者じゃないな、あの漢」

「そうでございますね。人々の力が弱体化したこの時代にあって、あれほど自らを鍛え上げてしまうとは驚きでございます。きっと千五百年前でも通用したでしょう」

試合を飛空艇から見ていた俺とメルテラは頷き合う。

『あ、えーっ、亀裂の入ったリングの修復のため、しばしお時間をいただきます！　ちなみにこのリング、我が国が誇る一流の錬金術師たちが、ちょっとやそっとのことでは壊れないよう、頑丈に造ったものなのですが……それにたった一撃でこんな亀裂を入れてしまうとは、ゴリティーア氏、改めて恐ろしいパワーです！』

慌てて走ってきた錬金術師たちが、大急ぎで修復作業を進めていく。

あのくらいの傷、俺なら一瞬で塞げるだろうが、あの様子じゃ三十分はかかりそうだな。

「ん？　なんかリング脇にあの漢が出てきたぞ」

錬金術師たちが作業しているリングの近くに、いったん退いたはずのゴリティーアがなぜか再登場する。

「みんな、ごめんねぇ！　アタシったら、ついうっかりリングを壊しちゃって（てへぺろ）。お詫びに修復が終わるまで、アタシが踊っててあげるわぁん！　たたたたたた～ん、たた～ん、たたたたた～ん♪」

ざわついていた会場が一瞬で静寂に包まれた。

観客たちの頬が思い切り引き攣っている。

スタッフたちも動揺している様子なので、きっと許可などなく、勝手に踊っているようだ。

しかし誰一人として、ゴリティーアを止めようとはしない。止められないと分かっているのだろう。

「たたたたた～ん、たた～ん、たたたたたた～ん♪」

それを自分の踊りに見入っていると勘違いしたのか、ゴリティーアは気持ちよさそうに踊り続ける。

時に大胆に、時に優雅に、時に静謐に。

同じ踊りでも、強弱と緩急をつけながら、少しずつその色合いが変わっていく。

「って、待て待て。何で俺はじっくり見ているんだ？　正直まったく見たくないのに……なぜか目が離せないというか、ついつい見てしまう……」

「そうでございますね……」

「もしかして何か特殊な効果のある踊りなんじゃないか……？」

その後、修復作業が終わるまでずっと地獄の時間が続いたのだった。

結局四十分ほどかかって、ようやくリングの修復が終わる。

やっと終わってくれたか……長い時間だった……。

『さ、さて！　それでは気を取り直して、試合再開と参りましょう……っ！』

会場が疲労感に満ちた空気に包まれる中、実況が懸命に盛り上げようと声を張り上げる。

しかし残念ながら、続く第十組目と第十一組目は塩試合だった。

その次の第十二組目は白熱した展開にはなったものの、いまいち観客も乗り切れないまま決着がついてしまった。

そして第十三組目。アンジェの登場だ。

「この組での最注目はAランク冒険者のアンジェ氏です……っ！（先ほどファナ氏のときは事前の資料の読み込みが甘かったが、今度こそ……っ！）彼女もファナ氏と同い年でのAランク冒険者ということで、かなり期待が持てます！　しかも種族はあの有名な戦闘民族、アマゾネス！　これはもう間違いないでしょう！（ていうか、お願いします！　どうかこの微妙な会場の雰囲気を払拭してください！）」

実況の声にやけに力が入っているな。

尻すぼみになりつつある空気を、どうにかしようと頑張っているようだ。

「な、なんか逆にやり辛《づら》いわね……」

リングに上がったアンジェは苦笑している。

実況のせいで他の選手たちから完全に警戒されていて、むしろ不利な状況になってしまっていた。

「ま……期待には応えられると思うけどね？」

そうして鐘が鳴ると同時、アンジェは自らリングの中央へと走っていった。

『アンジェ氏、なぜかリング中央へ!?　全方位から狙われる場所に自分から移動しました!?　これは一体どういうつもりでしょうか!?』

どうやらこの組に大した実力者はいないと判断し、さらに自分を不利な状況へと追い込んだようである。

「ちっ、Aランク冒険者だか知らねぇが、随分と舐めてくれてるじゃねぇか」

そんな挑発的なアンジェの行動に対し、巨大な戦斧《せんぷ》を手にした大男が面白くなさそうに吐き捨てる。

さらに他の選手たちもそれに同調した。

「小娘が調子に乗りやがって」

「はんっ、今すぐに後悔させてやるぜ」

やはり全員が共闘し、まずはアンジェ一人を倒すつもりらしい。

「そうこなくっちゃ」

不敵に笑って、迎え撃とうと構えるアンジェ。

「いくぜっ！　オラアアアアアッ!!」

真っ先に動いたのは先ほどの大男だ。

意外にも俊敏な動きで距離を詰めると、横に薙《な》ぐように豪快な戦斧の一撃を繰り出す。

だが戦斧は空を切った。

アンジェの姿は大男の目の前にはない。

「っ!?　どこに行きやがった!?」

「ここよ？」

「なぁっ!?」

大男が振り切った戦斧。アンジェはその刃《やいば》の上に乗っかっていた。

「はっ」

「〜〜〜〜〜〜〜〜〜ッ!?」

大男の顔面へアンジェの蹴りが叩き込まれると、巨体が石ころのように吹き飛んだ。

そのままリングの外まで転がり落ち、大男は気を失ってしまう。

「口ほどにもないわね」

『ななな、なんと、アンジェ氏！　たった一撃で、前回の予選で大活躍したバモン氏をノックアウトしてしまいましたあああああああっ！　しかもあの戦斧を躱《かわ》す瞬間が、まったく見えませんでしたっ!!　これはやはり本物です……っ！』

「「うおおおおおおおおおおおおおおおおっ!!」」

盛り下がった空気がひっくり返るような大歓声が轟く。

一方、慌てたのは他の選手たちだ。

「馬鹿野郎っ、抜け駆けするんじゃねぇっ！」

「全員で一斉にかかるぞ！」

「情けない戦い方ね？　まぁ、それでもあたしは倒せないだろうけど？」

「んだとっ!?」

「おい、挑発に乗るんじゃねぇ！」

所詮は付け焼き刃の共闘だった。

連携など期待できるはずもなく、結局それからバラバラに攻撃を仕掛けたりして、一人また一人とアンジェに倒されていく。

「大したことなかったわね」

「ぐ……くそ……」

最後の一人がリング上で気を失い倒れ込んだところで、試合終了。

『アンジェ氏、Aランク冒険者の強さを見せつけました！　前評判通りの大活躍です！　ありがとうございます！』

その後、残る二組の試合が終わったところで、本戦進出者十六名が決定した。

トーナメントの組み合わせはクジで決められるのだが、予選の全試合が終わったこのタイミングでそのクジ引きが行われた。

『こ、この組み合わせはっ!?　一回戦からいきなり好カードの連発ですっ！』

クジの結果を受け、実況が興奮したように声を荒らげる。

『なんと、第二試合でゴリティーア氏とアンジェ氏が対戦！　さらに、第七試合では勇者オリオンとファナ氏が激突しますっ！　全員優勝候補とも言えるこの四人のうち、二名が一回戦から脱落してしまうということになりますっ！　大波乱必至の本戦になりそうですっ！』

そうして二日目の日程が終了し、ファナとアンジェが飛空艇に戻ってきた。

そこらの街の宿よりもずっと設備が良いので、寝泊まりもこの飛空艇でしているのだ。

「あのゴリラ漢と戦えるのね！　燃えてくるわ！　そしてあいつに勝ったら、決勝であんたと勝負よ！　勇者なんかに負けるんじゃないわよ！」

「ん、負けない。……アンジェはゴリちゃんに負けそう」

「何でよ!?　負けないわよっ!?」

「たぶん無理」

「やってみなくちゃ分からないでしょうが！」

アンジェとゴリティーアは共に格闘タイプだ。

身体能力がモノを言う戦いになるだろうが、スピード以外は正直ゴリティーアが圧倒している。

もしアンジェに勝ち目があるとすれば……。

むんずっ。

「ほえ？」

いきなりアンジェに首根っこを掴まれた。鞄《かばん》でも持つような持ち方だ。

「今から訓練に付き合いなさい！　明日までに少しでも強くなってやるわ！」

「ばぶー？」

「何でまた赤ちゃん返りしてんのよ！」

「ばぶばぶー？」

「え？　ちゃんと抱っこしないと付き合ってあげない？　何でよ！」

「ばぶばぶ……」

「わ、分かったわよ！　抱っこすればいいんでしょ、抱っこすれば！」

この後めちゃくちゃ訓練した。


『いよいよ本日から本戦トーナメントが始まります！　果たして勇者オリオンに勝ち、新たに勇者の称号を得る者は現れるのでしょうか!?　あるいは今年もやはり勇者オリオンが優勝し、勇者の子孫としての力を示すのでしょうか!?』

本戦の一回戦第一試合は、東方の剣士だという男と、予選を勝ち抜いた唯一の魔法使いである青年だった。

『おおっと!?　まるで横殴りの雨のように放たれるマローナ氏の魔法に、タケゾウ氏、まったく近づくことができません！　これでは攻撃することも不可能です！』

結果は、魔法の連射に長けた魔法使いの青年が、東方剣士を圧倒。二回戦へと駒を進めた。

そうして第二試合で、早速アンジェの登場となった。

相手はあのゴリティーアだ。

『さあ、やはり大注目のこの対戦カード！　共に予選で他を圧倒する力を見せた二人です！』

闘技場中心のフィールドに姿を現した二人は、互いにリングを挟んだ逆側から跳躍。くるくる回転しながら数メートルほど宙を舞い、リング上へと着地した。

「「うおおおおおおおおおおおおおおおおっ!!」」

戦う前から魅せる二人に、会場のボルテージが一気に上がる。

『二人ともアクロバティックな登場です……っ！　しかしアンジェ氏はともかく、ゴリティーア氏、この巨体でこれほどの身軽さも兼ね備えているとは驚きですっ！』

両者がリングの中央で向かい合う。

アンジェはすでに戦闘モードに入っているようで、傍《はた》から見て分かるほど闘志を燃やしている。

一方のゴリティーアも、笑みを浮かべてはいるものの、予選とは打って変わって真剣な眼差《まなざ》しをアンジェに注いでいた。

『不敵に微笑むゴリティーア氏！　果たして予選とは違い、今度こそその戦いを見ることができるのでしょうか!?　どうかお願いします！』

予選のような真似はやめてほしいと、切実に叫ぶ実況。

「うふふ、さすがにアナタが相手なら、弱い者イジメにはならなそうねぇ？」

「手を抜いたりなんかしたら、ぶっ飛ばしてやるわよ！」

「あらあら、そう急かさなくたっていいじゃないの？　アタシの本気は……そう簡単には見られないわよん？」

「ふんっ、いつまでそんなこと言ってられるかしらね！」

アンジェが地面を蹴り、ゴリティーアに躍りかかった。

実況が慌てて叫ぶ。

『ちょっ!?　アンジェ氏、まだ鐘が鳴っていないというのに、もう戦いを始めてしまいました!?』

ゴオオオオオオオオンッ!!

一瞬遅れてようやく鐘が鳴らされた。

そのときにはもう、アンジェは勢いそのままに蹴りを繰り出している。

ドオオオンッ!!

それをゴリティーアは右腕でガード。激突の際に大きな音が響き渡った。

「あああんっ！　すごい衝撃ねぇっ！」

「はっ！」

さらにそこからアンジェは間髪入れずに逆足の蹴りを放つ。

それがゴリティーアの下顎を打ち抜いた。

『こ、これは強烈な一撃いいいいいっ！　さすがのゴリティーア氏も、筋肉の鎧のない顎へはダメージが大きいはずです……っ！』

だがゴリティーアは顎を蹴られながらも、アンジェの足首を掴んでいた。

「うふん、今のはちょぉっとだけ、痛かったわよぉん？」

「〜〜っ!?」

直後、ゴリティーアはアンジェを片腕で持ち上げると、そのまま豪快に振り回した。

そのまま猛烈な勢いで放り投げると、アンジェの身体はリング外に向かって飛んでいく。

『あああっと!?　アンジェ氏の身体が軽々と放り投げられてしまいました！　しかもこの勢いではリングの外に落ちてしまいます！　こんな形で決着がついてしまうとか、さすがにやめてくださいよ!?』

実況が思わず本音で訴える中、空中にいるアンジェは。

「はぁぁぁっ！」

観客席の方に向かって、思い切り拳を突き出す。

どんっ、という大きな音と共に発生したのは衝撃波だ。

『ななな、なんと!?　アンジェ氏、拳で作り出した衝撃波で、落下の方向を変えてしまいました！』

リングの外に向かって飛んでいたアンジェの身体が、空中で方向転換。

無事にリングの上へと着地した。

「ちょっと！　まさか場外なんて形で決着つけるつもりじゃないでしょうね!?」

憤るアンジェに、ゴリティーアが楽しそうに笑う。

「うふふ、大丈夫よ。アナタがこの程度で終わるとは思ってないもの。それより、今度はこっちからいくわよぉん？」

そう宣言した通り、ゴリティーアは一気にアンジェとの距離を詰める。

「どっせぇぇいっ!!」

漢らしい掛け声とともに、大上段から振り下ろすような拳。

アンジェが咄嗟《とっさ》に飛び退《すさ》って躱すと、拳はリングに激突した。

ズドオオオオオオオンッ!!

『ああああああああっ!?　せっかく修復したリングが、またしても破壊されてしまいましたあああああっ!?』

実況が嘆きの絶叫を轟かす中、ゴリティーアは逃げたアンジェを追撃する。

ぶぅぅうんっ！

ごぉぉおんっ！

びゅぅうんっ！

「お、おいおい、ゴリティーアが腕を振り回すたびに、この観客席まですごい風がくるんだが……？」

「……こんなのまともに喰らったら終わりだろ」

「あのリングを粉砕するくらいだからな……」

観客たちがゴリティーアの出鱈目《でたらめ》な強さに唖然とする中、アンジェは暴風のごときその攻撃をひたすら躱し続けていた。

本人も一撃でも浴びたらマズいと理解しているのだろう。

「うふふ、逃げ続けているだけじゃ、アタシには勝てないわよぉん？」

「それはどうかしらねっ！」

「？」

とそのとき、ゴリティーアがいきなり何かに足を取られ、転びそうになってしまう。

「っ……これは……」

ゴリティーアが目にしたのは、リング上にできた謎の段差だ。それに躓《つまず》いてしまったらしい。

「どうしてリングにこんなものがあるのかしらん？」

「ただ逃げ回ってたわけじゃないってことよっ！　はっ！」

直後、リングから突如として刺のようなものが生えてきたかと思うと、ゴリティーアを串刺しにしようと迫る。

ゴリティーアは咄嗟に拳でそれを叩き折った。

『な、なんと、リングからいきなり刺が生えてきました!?　これは一体どういうことでしょうか!?』

その刺は一本だけではなかった。

ゴリティーアの周囲に幾つも生えてきている。

「普通の土と違って特殊な金属だったから、魔力を通して掌握するまで、少し時間がかかってしまったわ」

「やっぱりアナタの仕業なのねぇ。アマゾネスだから、てっきり格闘専門かと思ってたら、魔法まで使えたなんて」

俺のもとで訓練を始めてから、アンジェが身に付けた土魔法。

意外にも適性があったため教え込んだのだが、この土魔法を応用すれば、あんな感じで金属を操作することも可能なのだ。

「ただ、あれは錬金術で生み出された特殊な金属だからな。まずは自分の魔力で上書きしなくちゃいけない」

「昨日やっていた訓練で、それを教え込んだわけでございますね？」

「そう。一夜漬けの割にはそれなりに身についたと思うぞ」

これでアンジェは、あのリングそのものを自らの手足のように利用できるようになったわけである。

「こんなこともできるわよっ！」

「っ……アタシの足がっ……」

リングから伸びた突起物が、縄のように曲がってゴリティーアの足に絡みついていく。

「はああああああああっ!!」

足を押さえ込んだところで、アンジェが一気呵成《かせい》に攻め立てた。

応戦するゴリティーアだが、さすがの彼も二本の腕だけでアンジェの猛攻を防ぎ切れない。

『足を封じられたゴリティーア氏に対して、アンジェ氏が攻めて攻めて攻めまくるううううっ！　まるで嵐のような怒濤《どとう》の攻撃！　ゴリティーア氏は防御するしかありませんっ！』

「んっ……あんっ……あっ……うふぅんっ……なかなかの威力ねぇ……っ！」

『さすがのゴリティーア氏にも効いているようです……っ！　あまりお子様には聞かせられないような声を出してますが……』

だがそんな中にあって、ゴリティーアもただやられているだけではなかった。

連撃を浴びながらも、カウンターの剛腕を繰り出していく。

『いえ、ゴリティーア氏も腕だけで反撃していますっ！　ただ、足を使えず攻撃範囲が狭まっているせいか、なかなかアンジェ氏を捉えることができませんっ！』

ゴリティーアの反撃を的確に躱していくアンジェ。

しかもリングの拘束は足だけに留《とど》まらず、気づけば上半身にまで迫りつつあり、そのままゴリティーアの腕まで封じてしまおうとしていた。

このまま一気に勝負がつくかと思いきや、

「うふふっ、アタシの期待以上よん、アンジェちゃん？　お陰でアタシも……もう少し本気が出せそうねえっ」

第四章　魔の渦旋

「お陰でアタシも……もう少し本気が出せそうねえっ」

その宣言と共に、ゴリティーアの気配が変わる。

「っ!?」

リング上のアンジェは何か危険を感じ取ったのか、思わず距離を取った。

直後、ゴリティーアが凄まじい雄叫びを轟かせた。

「うおおおおおおおおおおおおおおおおおおおおおおおおおっ!!」

同時に爆発的に闘気が膨れ上がる。

観客の中にはそれにあてられ、気を失う者もいた。

『ご、ゴリティーア氏、先ほどとっ……纏《まと》っている気配が、まるで違います……っ！　これがっ……本気になったSランク冒険者なのでしょうか……っ!?』

バキバキバキッ!!

ゴリティーアを押さえていたリング素材の拘束具が、あっさり破壊されて四散する。

「今、オレの中の乙女が消えた。オレをこの状態にさせたやつは久しぶりだぜ？」

気配どころか口調まで変わっている。

「なるほど、どうやらあれが彼の本来の姿のようでございますね。自身の性格を〝乙女〟に矯正することによって、無理やり力を抑え込んでいたのでしょう」

と、俺の横で納得したように頷くのはメルテラだ。

『さ、さらにゴリティーア氏、身に着けていたフリフリの衣装を破り捨ててしまいました!? そして露《あら》わになったアトラス大山脈のような筋肉うううううううう……っ！』

完全な男、いや、漢となったゴリティーアは、ゆっくりとアンジェに近づいていく。

「くっ……」

気圧《けお》されているのか、勝ち気なアンジェが思わず後ずさった。

「おいおい、せっかく本気を出せるってのに、まさか戦意喪失か？　弱い者イジメはしたくねぇんだが」

「っ……そんなわけないでしょっ！　ぶっ倒してやるわ！」

アンジェが咆《ほ》えるように言い返す。

「そうこなくっちゃな。正直、女の子相手にこの状態で戦うのは気が引けるが、女の子扱いされるのは嫌だろう？」

「当然よ！」

「ならば漢として、それに応えてやるぜ」

ゴリティーアが地面を蹴った。

……速い！

ほとんど一瞬でアンジェとの距離を詰めると、容赦ない右ストレートがアンジェに襲いかかる。

それをアンジェは紙一重で躱すと、間髪入れずにカウンターの拳をゴリティーアに叩き込んだ。

「はっ、効かねぇな！」

「っ!?」

どおおおおおおおおんっ!!

『ゴリティーア氏、アンジェ氏の反撃にノーダメージ！　直後に繰り出されたカウンターへのカウンターが、アンジェ氏を捉えましたぁぁぁっ！　咄嗟に両腕でガードしたものの、小石のように吹き飛ばされてしまいます……っ！　アンジェ氏、大丈夫でしょうか!?』

リングの縁あたりまで飛んでいったアンジェだったが、即座に身を起こした。

「ほう？　すんでのところで防御したとはいえ、オレの拳を受けて無傷とはな。ん？　その腕……」

よく見るとアンジェの両腕を、何かが覆っている。

「土か？　だがそんなもので、オレの拳を防げるとは思えねぇが」

そこでゴリティーアが自分の拳についたあるものに気づいた。

「……泥？　しかも随分と弾力性のある……なるほど、そういうことか」

「理解したみたいね！　スライム並みに弾力のあるこの泥で、衝撃を吸収したのよ！」

土魔法は防御にも使える。それはなにも、硬い土で身体を覆うというやり方だけではない。

むしろあんなふうに衝撃を吸収できる泥の方が、かえって有効だったりするのだ。

それからゴリティーアが繰り出す強烈な攻撃を、アンジェは魔法で作り出した泥の鎧によってガードしながら、隙を見てカウンターを放っていった。

目にも留まらぬ激しい攻防に、観客が息を吞む。

『こ、これは凄まじい戦いだあああああ……っ！　どちらの攻撃も決め手に欠ける状況！　果たしてどう決着するのでしょうか!?』

ゴリティーアの攻撃を泥の鎧で防ぐアンジェだが、一方で彼女の攻撃は当たりこそするものの、ゴリティーアの鋼の筋肉のせいでいまいちダメージが通っていない。

「実況の言う通り、両者ともに決め手に欠けているようでございますね」

「そうだな。だが近いうちに決着はつくぞ」

「といいますと？」

一見すると、ゴリティーアはアンジェの攻撃がまったく効いていないように思えるが、そんなはずはない。

アマゾネスであるアンジェの怪力から放たれる攻撃を何度も受けていれば、当然ながらダメージは蓄積していく。

「ぐっ……」

『おおっと!?　ここで初めてゴリティーア氏がよろめきました……っ!?』

　思った通り、蓄積したダメージに肉体が耐えられなくなったのだろう、突如としてゴリティーアに異変が起こる。

　リング上でふらつき、その場に膝をついてしまったのだ。

　この絶好のチャンスを見逃すアンジェではない。

「もらったわ……っ！　はあああああああああっ！」

　膝をついて少し低い位置にきたゴリティーアの側頭部目がけ、容赦のない渾身《こんしん》の蹴りを放つアンジェ。

「さすがレウス様、予想された通り、アンジェ様の勝利で決着がつきそうでございますね」

「いや、俺の予想は逆だぞ？」

「え？」

　アンジェの蹴りがゴリティーアの側頭部に叩き込まれようとした、その瞬間である。

「ぬおおおおおおおおらああああああああっ!!」

　ゴリティーアが雄叫びを轟かせたかと思うと、逆にアンジェの脚に向かって自らの頭部をぶつけにいった。

頭突きだ。

ドオオオオオオオオオンッ!!

響き渡る激突音と共に、アンジェの脚とゴリティーアの頭が同時に弾《はじ》き飛ばされる。

普通に考えれば、頭の方が脚よりも脆弱だ。

軍配はアンジェに上がると思われるが、

「あああああああああっ!?」

悲鳴を上げてリングの上を転がるのは、逆方向に足が曲がってしまったアンジェだ。そこは攻撃するために、泥の鎧を解除した場所だった。

一方のゴリティーアは額から血が流れ落ち、軽い脳震盪《のうしんとう》のせいか少しふらついてはいるものの、すぐに立ち上がった。

「まだ若いのに、なかなか強かったぜ。まさか乙女を捨てて力を解放したこのオレが、ここまで追い込まれるとは思っていなかった。お前さんなら、いずれ確実にSランクに到達できるだろう。こいつはそんなお前さんの将来性に期待して、オレからのプレゼントだ」

そう告げて、ゴリティーアが右手に闘気を集中させていく。

「ほう、あれは……かつて武神と言われた男が使っていた技だな」

その様子を飛空艇から眺めながら、俺は頷く。

生命エネルギーである闘気は、体内を循環させることで身体能力を強化することができる。

しかしそれを外に撃ち出し、飛び道具として使用する技があった。

「気功弾っ!!」

集中させたその闘気を、ゴリティーアは一気に放出した。

「消耗は激しいが、その分、凄まじい威力を発揮する。ただ、下手な人間が使うと、命を落としかねない危険な技でもある」

見たところゴリティーアは、しっかり出力をコントロールしながら使用しているようだ。

それは決して簡単な芸当ではない。

「さすがはSランク冒険者だな」

放たれた闘気に吹き飛ばされ、アンジェはリング外に。

『なっ……ゴリティーア氏、一体、何をしたのでしょうか!?　右手をアンジェ氏に向けて突き出したかと思ったら、アンジェ氏がリング外まで飛んでいってしまいました！　もしや、拳圧だけで吹き飛ばしてしまったのでしょうか!?』

闘気というのは、ある程度の訓練を積んだ者でなければ感じ取ることができない。

実況には何が起こったのか分からなかったのだろう。

もちろんそれは観客たちも同様だ。

不思議な決着の仕方に変なざわめきが起こったが、それでも二人の強者が繰り広げたこれまでの戦いぶりを思い出したのか、すぐに彼らを讃える大きな拍手へと変わっていった。

『二人の激闘を讃えて、場内スタンディングオベーションです……っ！　一回戦とは思えないほどの素晴らしい戦いでした！　負けたとはいえ、アンジェ氏、例年であれば決勝に進んでいてもおかしくないほどの実力者でありました！　ここで脱落となってしまったのが非常に残念です！』

万雷の拍手に交じって、興奮した様子の実況の声が響き渡る。

『ですが今大会、まだまだ素晴らしい出場者がたくさん残っています！　さあ、それでは次の第三試合に……あ……リングが、また、破壊されて……』

それから錬金術師たちが慌ててリングに集まってきて、しばらくの間、懸命の修復作業が行われたのだった。

「悔しいいいいいいいいいいいいいいっ!!」

その日の夜。アンジェはめちゃくちゃ悔しがっていた。飛空艇のあちこちを殴ったり蹴ったりするので、さっきから船が大きく揺れている。壊れるからやめて。

「まぁまぁ、アンジェお姉ちゃんもよく頑張ったよ。相手はSランク冒険者なのに、結構良いところまで追い込んでいたしね」

俺はアンジェを慰める。

ゴリティーアは俺がこの時代に転生してから遭遇した人間たちの中では、図抜けた実力を持っていた。

昨晩、訓練に付き合ってはみたものの、正直言って今のアンジェでは手も足も出ないだろうと思っていたほどである。

それが蓋を開けてみると、俺の予想以上にアンジェは健闘した。

もしかしたらアマゾネスの性質から、自分よりも強い相手と戦う方が力を発揮できるのかもしれないが……何にしても誇っていい戦いぶりだったと思う。

「ゴリティーアも言ってたけど、アンジェお姉ちゃんなら、いずれ勝てるようになるはずだよ。若いしさ。僕が言うのもなんだけど」

「……」

それでもまだ悔しそうなアンジェ。

ある意味この負けず嫌いこそが、彼女の強さの秘密かもしれない。

「アンジェ、仇《かたき》は私が取る」

ファナの藪蛇な言葉に、アンジェが吼えた。

「むしろその方が嫌なんだけど!?　間接的にあたしがあんたに負けたことになるじゃないのよ！」

「……？」

ちなみに本戦の一回戦は、この日で第四試合までが行われた。

明日、残りの第五試合から第八試合までが行われる予定である。

ファナの出場はその第七試合だ。

「そもそもあんたの相手はあの勇者でしょうが。まずはあいつを倒すことに集中しなさいよ」

「ん、心配要らない。勝つ」

自信満々のファナであるが、たぶん何の根拠もない。

「一応、師匠と訓練する」

「ばぶー」

「ん、抱っこするから」

「ばぶばぶー」

……まったく、今夜も眠れそうにないぜ。


そうして翌日。

『さあ、いよいよ本戦トーナメント、一回戦の後半戦です……っ！　白熱した前半戦に負けず劣らずの好試合が期待されますっ！　きっと観客の皆さんの中には、興奮して眠れなかった方もいらっしゃるでしょう！　何を隠そう、わたくしもその一人です……っ！　なので今、めちゃくちゃ眠たい！　どうかこの眠気を吹き飛ばしてくれるような戦いを見せてください……っ！』

謎の実況に「知るかボケー」「もっとちゃんと実況しろー」と、一部の観客席からブーイングが響く中、第五試合が始まった。

巨人族ではないかというほど身体の大きな男と、槍使いの小柄な青年だ。

完全に対照的な二人で、体格差が大人と子供以上という戦いだったが、大方の予想を覆し、俊敏な動きで終始、大男を翻弄し続けた槍使いの少年が勝ち、二回戦へと駒を進めた。

そして第六試合では、帝国騎士団に所属する騎士と、貧相な体軀の老人が対戦。

下馬評では圧倒的に騎士有利だったが、これも試合が始まると、予想外の展開となった。

徒手空拳で戦う老人が、まるで宙を舞う花びらのような動きで騎士の攻撃を悉《ことごと》く躱しながら、絶妙なタイミングでカウンターを叩き込んでいったのである。

しかもそのカウンター攻撃には、痩せ細った老人とは思えない威力があり、騎士が追い込まれていく。

それでも最後にはその騎士が意地を見せた。

老人の攻撃をまともに受ける覚悟で放った渾身の一撃で、大逆転勝利を収めたのである。

『バリューマ氏、辛くも勝利しましたっ！　ですが帝国騎士団の英傑を、ここまで追い込んでしまうとはっ……なんというお爺《じい》ちゃんなのでしょうか……っ!?』

そんなこんなで二試合ともに大きく盛り上がり、やがて第七試合に。

『さあ、会場のボルテージも最高潮だああああああっ！　そしてここで、いよいよあの方の登場です……っ！　四連覇中の最強王者！　我らが勇者！　そう、オリオン殿下だあああああ

あああああああっ!!』

これ以上ない大歓声の中でリングに現れたのは、この国の皇子にして勇者、オリオンだった。

「「「きゃあああああああああああああっ!!　オリオン様ああああああああああっ!!」」」

耳をつんざくほどの黄色い大声援。

中には興奮のあまり、気絶する女子もいるほどだ。

『対するは、Aランク冒険者のファナ氏ですっ！　昨日、素晴らしい戦いを見せてくれたアンジェ氏とは、なんと同じパーティだということ！　これはまた途轍《とてつ》もない好試合になりそうです……っ！』

リング上で対峙する勇者オリオンとファナ。

「……女の子相手でも、本気で行かせてもらうよ」

「ん、望むところ」

両者ともに武器を構える。

ファナはいつもの二刀流で、一方のオリオンはかつての勇者リオンが使っていた伝説の剣だ。

「ファナのミスリル製の剣は、俺が作ったやつだからな。さすがにあのオリハルコン製の勇者の剣には及ばないが、武器ごと破壊される心配はないだろう」

そこらの武器だったら、あの勇者の剣で簡単に壊されていたはずだ。

装備が自由だとはいえ、さすがにちょっとズルい気がする。

そんなことを考えていると、開始の合図が響き渡った。

間髪入れずに動き出す二人。

『両者、すぐさま動き出しました……っ！　これはいきなり激しい戦いになりそうですっ！』

その実況の予想通り、オリオンとファナの試合は開始直後から激戦となった。

リングの上を目まぐるしく駆け回りながら、剣と剣が幾度となくぶつかり合う。

恐らく普通の観客たちには、その姿を追うことすらやっとだろう。

『ななな、何という戦いでしょうか!?　右に左にと飛び回り、目で追うのも一苦労です……っ！　剣の動きなんて、もはやまったく見えません！　ただ凄まじい剣戟《けんげき》の音だけが聞こえてくるだけです……っ！』

ファナは俊敏な動きが持ち味の剣士だが、どうやらオリオンもそれに負けていないようだ。

『あの勇者の鎧、それなりに重量がありそうなのですが』

「いや、見た目より遥かに軽いはずだ。オリハルコンを使えば、極限まで薄くても十分過ぎる防御力を確保できるからな。それに恐らく俊敏性を高める特殊効果もついているだろう」

攻撃の手数は、二本の剣を扱うファナが上回っている。

一本の剣だけでは防ぎ切れないと判断したオリオンは、それを鎧で直接受けていた。

「オリハルコン製の鎧だからこそできる芸当だな。おっ、ファナが魔法を使ったぞ」

ファナの身体を風が覆う。

これでさらに敏捷性が上がったはずだ。

「もう本気を出してきたな。そうしないと勝てない相手だと判断したってことだろう」

次の瞬間、先ほどまでの倍近い速度で、ファナがリング上を疾走した。

『ファナ氏の姿が完全に消えてしまいました!? い、いえ、足音だけは響いてきていますっ！ あまりにも速過ぎて、我々には目で捉えることができないようです……っ！ オリオン殿下、果たしてこれにどう対応するのでしょうかあああっ!?』

そのオリオンも、明らかにファナの動きを追い切れていない。

背後から躍りかかったファナに、一瞬遅れて振り返る。

ガキィイインッ！

「くっ……」

すんでのところでファナの剣を防いだが、今のは運が良かっただけで、恐らくそう何度も上手くいかないだろう。

再び死角から迫ったファナに、今度はまったく反応できていない。

バチバチバチバチッ!!

「～～～っ!?」

だが攻撃と同時に弾き飛ばされたのは、なぜかファナの方だった。

『優勢だと思われたファナ氏が、リングの上にひっくり返ってしまいました！ これは一体、何が起こったのでしょうか!?　んっ、オリオン殿下の身体が、光っているような……?』

オリオンの身体を覆う謎の光。

その正体は、恐らく雷だ。

「自らの身体に雷を纏わせることで、攻撃を防ぐどころか、逆に相手にダメージを与えたのか。そういえば、勇者リオンも雷の魔法が得意だったな」

前世の記憶を掘り起こし、俺は納得する。

不意の雷撃を喰らって、軽い麻痺状態になっていたファナがどうにか立ち上がった。

「……痺れた」

「ぼくの操る雷には、相手を麻痺の状態異常にさせる力もあるんだ」

「すごく厄介」

「君は速すぎるからね。正直この魔法がなければ危なかったよ」

「おいそれと近づけない」

「もちろん、こっちから近づくけれど」

そう言って、今度はオリオンがファナに攻めかかる。

触れただけで雷の餌食になって麻痺させられるとあっては、ファナは距離を取るしかないが、

「もちろん、離れた相手にも攻撃できるけれどね！」

オリオンが放った雷撃がファナに襲いかかった。

「っ!?　躱した……っ!?」

だがそれをファナはギリギリで回避。

「まさか、雷を避《よ》けることができる人がいるなんて……だけど、何度も避け続けることはできないはずだよ！」

連続で雷撃をお見舞いしようとしたオリオンだったが、そのとき彼の身体が何かに衝突されたように吹き飛ばされた。

「～～～っ!?」

『オリオン殿下、なぜか後方に吹き飛ばされてしまいました!?　しかもこの勢いっ……ま、まさか、そのままリング外に落ちてしまううううううっ!?』

だがリングの端でどうにか耐え切って、観客から安堵の息が漏れる。

「そっちが遠距離攻撃なら、こっちも」

今のはファナが放った風の砲撃だ。

風なので目で見えない上に、喰らうと吹き飛ばされて今のようにリングの外に落ちてしまいかねない。

リング外で敗北というルールのある戦いにおいては、非常に厄介な攻撃である。

そこからは雷撃と風の砲撃の撃ち合いとなった。

ファナは雷撃を躱しながら砲撃を放ち、オリオンはその砲撃を避けながら雷撃を放つ。

しかし分が悪いのはオリオンの方だ。

なにせ一発でもまともに受けると、そのまま一気にリング外にまで吹き飛ばされてしまうのである。連続で二回喰らったらアウトだろう。

『大会四連覇中のオリオン殿下がここまで苦戦するとはっ、一体誰が予想したでしょうかあああああっ!?　このまま敗北を喫してしまうと、大会史上最大の大波乱となってしまいますっっっ!!』

観客たちも固唾を呑んで勝負の行方を見守る中、最初に異変を察知したのは俺だった。

「……何だ、この魔力の高まりは？」

メルテラもすぐにそれに気づく。

「リングからです……っ！　これは、まさか……」

次の瞬間だった。

まさに今、ファナとオリオンが激闘を繰り広げているリングから、猛烈な魔力が膨れ上がったかと思うと、そこに漆黒の渦が出現したのである。

「魔の渦旋だと……っ？」

前世の俺が禁忌指定の一つにしていた魔の渦旋。

先日、海底神殿でも発見し、破壊した代物が、なぜこんなところに……？

「ちょっと！　海にあったやつじゃないの！　しかもあれよりずっと大きいわよ!?」

一緒に飛空艇から試合を見ていたアンジェが叫ぶ。

彼女が言う通り、海で猛威を振るっていたそれより、遥かに大きな魔の渦旋だ。

リング全体を覆い尽くしても飽き足らず、渦の端は観客席の近くにまで届いている。

「あれは大きければ大きいほど、凶悪な魔物が大量に吐き出されてくる……なかなかマズい状況だな」

すでに渦からは最初の数体が湧き出してきていた。

どれも大型の魔物ばかりで、見ただけで危険度の高い魔物だと分かる。

当然ながら会場は大パニックだ。

『い、一体これは、何が起こっているのでしょうか!? 突如として不気味な渦が発生したかと思うと、そこから魔物が現れました……っ！』

無論、その魔物はリング上にいたファナやオリオンに真っ先に襲いかかった。

「グルアアアアアッ!!」

「くっ……何だ、この黒い渦はっ!? それにこの魔物はっ……」

「ん、魔物を生み出す渦」

「この渦のことを知っているのかっ!?」

魔物を斬り倒しながら、そんなやり取りをする二人。

「がっ!?」

『ああっ！ オリオン殿下が、魔物の突進を受けて吹き飛ばされてしまいましたっ！ 一方のファナ氏も、次々と迫りくる魔物に防戦一方ですっ！　この二人でも苦戦するなんて、明らかに普通の魔物ではありません……っ！　し、しかもっ、まるでコバエのように次から次へと湧き出してきます……っ！』

狂暴な魔物ばかりということに加え、試合での疲労もあるのだろう、ファナもオリオンも圧倒されてしまっている。

このままでは魔物の群れに押し潰されてしまうだろう。

「アンジェお姉ちゃん、それにリル、すぐに加勢してあげて。こ、ここのは任せるから」

「了解だ」

「ちょっと、どういうこと!?　あんたはどうするのよ!?」

俺の指示にすんなり頷いたリルに対して、アンジェは驚いたように訊いてくる。

「僕とメルテラは他のやつを潰してくるから」

「他のやつ……？」

「ほら」

俺は街中を指さす。

するとそこにもまた、闘技場に出現したのと同じくらいの大きさの魔の渦旋があった。

「嘘でしょ!?　あんなところにも!?」

「あれだけじゃないよ。ほら、あそことあそことあそこにも」

「なっ……全部で五か所も!?」

眼下のリング上に現れたものに加えて、街中に四か所。

全部で五つもの魔の渦旋が同時に出現し、そこから魔物が溢れ出してきているのである。

さすがの俺も、これらを一人で消していくのは骨が折れるし、時間がかかってしまう。

その間にどんどん魔物が増え、被害が拡大していくだろう。

「というわけで、ここのは任せたよ」

そう言い残して、俺はメルテラと共に飛空艇から飛び出した。

「彼女たちだけで大丈夫でございますか?」

「多分ね。一応、この大会のために集まった猛者たちもいるわけだし。それより一か所は任せてもいい?」

「無論でございます」

「じゃあ、あそこのは頼んだ」

渦の一つはメルテラに任せて、俺はリントヴルムに跨《またが》って全力飛行。一気に街の北にあった一つ目の渦へと辿り着いた。

「幸いみんな逃げて、近くに人はいないな。リントヴルム、全力で魔法をぶっ放すぞ」

『了解です』

この魔の渦旋を破壊しようとするなら、中途半端な魔法は無意味だ。

少しでも渦が残ってしまったら、すぐに周囲に拡散してしまった魔力を集め直し、復活してしまうからである。

なので一撃で完全に消滅させなくてはならない。

「跡形もなく燃え尽きろ。獄炎竜巻」

魔の渦旋を呑み込むように、凄まじい勢いで渦巻く炎の柱が出現する。

周囲の建物が溶けていくほどの高熱で、街路樹に至っては一瞬で燃え尽きてしまう。緊急事態だし、少しくらい街に被害が出るのは勘弁してもらおう。

やがて炎が収まったとき、そこには渦の欠片《かけら》も残っていなかった。

「よし、一つ目。次はあっちだな。だがその前に……追跡型広域駆除魔法」

すでに街中に解き放たれてしまった魔物を、片づけておかなくてはならない。

俺が放った無数の光の矢が、魔物だけを選んで貫いていく。

「グギャアアアッ!?」

「オオオオオオッ!?」

「ブモアアアアッ!?」

建物と建物の間にいるような魔物も逃がさない。

それが終わると、リントヴルムに乗って、すぐに街の西にある渦へと向かう。

するとまるで俺が脅威であることを理解しているかのように、そこから吐き出された飛行系の魔物が一斉にこちらへと殺到してきた。

「おいおい、こっちの渦にはまだ何もしてないはずだぞ？　まさか、渦同士で情報を共有しているのか……？」

もしそんなことが可能だとしたら、前世の俺も知らなかった現象である。

「渦同士が魔力で繋《つな》がっているとしたら、あり得ないことではないか……だが……」

『マスター、今は考え事をしている場合ではないかと』

「む、そうだったな」

我先にと迫りくる魔物の大群へ、俺は真っ直ぐ突っ込んでいった。

魔物が俺の張った結界にぶつかっては、思い切り吹き飛んでいく。

「お前らの相手をしている暇はないんだよ」

あの渦に対処する上で重要なのが、湧き出してくる魔物を無視し、いの一番に本体を破壊することである。

そうしなければ永遠と魔物と戦わされ続ける羽目になるからな。

「獄炎竜巻」

先ほどと同じ魔法をぶっ放し、二つ目の渦を消滅させる。

「追跡型広域駆除魔法」

それから魔物を片づけていく。

「……ふぅ、さすがに疲れるな。赤子の身体には重労働が過ぎるだろ」

『マスター、東の方の渦の気配が消えました』

「メルテラが上手くやってくれたんだな。さすがだ」

ちらりと東の方に視線を向けてみると、氷の尖塔《せんとう》のようなものが見えた。

彼女の魔法で渦ごと氷漬けにしてしまったのだろう。

「闘技場の方は……まだ残っているようだな。まぁ最悪、メルテラがどうにかしてくれるか」

そう呟きつつ、俺は街の南にある渦へと急いだ。

◇　◇　◇

闘技場内は大混乱に陥っていた。

「何をやってる!?　早く進めよ！」

「おい、押すな！　前がつっかえてるんだ！」

「全然進まねぇじゃねぇか！」

武闘大会のために超満員だった観客席だ。そこから逃げようとする人々が一気に殺到してしまったせいで、狭い出入り口に人が密集。その結果、皮肉なことにまったく人が流れなくなってしまい、外に出ることすらできなくなってしまっているのだ。

中には群衆に押し潰され、気を失ってしまった人もいる。

当然その間にも、リングに出現した渦から続々と魔物が吐き出されていた。

『み、皆さん、慌てないでくださいっ！　順番に！　順番にお願いします！』

実況が必死に訴えているが、観客たちは聞く耳を持たない。

「ガルアアアアアアアアアァッ!!」

「きゃあああああっ!?」

すでに壁を乗り越え、観客席へと侵入している魔物もいた。

逃げる場所を失った観客の一人が、魔物の餌食になりかけた、そのとき。

「～～～～～ッ!?」

大型の魔物が吹き飛んでいった。

「もう大丈夫よぉん？」

魔物を殴り飛ばしたのはゴリティーアだった。さらに二、三体、近くの魔物を殴り殺してから、
難しい顔でリングの方を見遣る。

「それにしても、あれは何なのよぉ？　このままじゃ、人がいっぱい死んじゃうじゃないの」

「ゴリティーア！」

「あら、アンジェちゃん」

「あの渦を破壊しない限り、永遠に魔物が出続けるわ！」

「あの渦のことを知ってるの？」

「少しはね！　普通の物理攻撃は効かないから、魔法が必要なのよ！　ただ、あたしの魔法じゃ威力不足だし……」

ともかく二人は渦の方に向かうことに。

幸いこの大会の出場者たちが、観客を魔物から護ろうと戦い始めている。さらにもう一人、アンジェには頼もしい助っ人がいた。

「魔物のことは我に任せよ。どのみち我の攻撃は、あの渦には効かぬからな」

「了解よ、頼むわ！」

この場はリルに託して、アンジェとゴリティーアは、リングの上、渦の中にいるファナとオリオンのもとへ。

二人とも魔物に取り囲まれてしまっていたが、無理やり抉《こ》じ開けて彼女たちのところに辿り着いた。

「ファナ！」

「ん、アンジェ。師匠は？」

ファナは疲労と怪我で酷い有様だった。

オリオンも似たようなものだ。

「街中に同じのが幾つも現れたのよ！　そっちを片づけに行ってるから、ここはあたしたちだけでなんとかしないといけないのよ！　それよりまずはこれを飲みなさい！」

言いながらポーションをファナに渡す。

ファナは試合中だったせいで、回復アイテムの類《たぐい》を一つも持っていなかったのである。

「あんたも飲みなさい！」

「かたじけない……っ！」

「回復するまで、アタシが時間を稼ぐわぁっ！」

ファナとオリオンが急いでポーションを飲み干すと、見る見るうちに傷が塞がっていった。

「な、なんだ、このポーションはっ？　こんなにすぐに傷が治るなんて……っ！　これほど高性能なポーション、見たことないよ……っ？」

信じられないポーションの効果に、オリオンが目を丸くする。

実はレウス特製のポーションなのである。

「この渦には魔法しか効かないわ！　それも中途半端なものじゃ無意味！　一気に消し飛ばすほどの強力な魔法が必要よ！　ファナ、あんたできる!?」

「ん、多分、無理」

「まぁそうよね。あんたもあたしも、あくまで魔法はサポートとして使ってるだけだし……」

そうしている間にも魔物の数が増え続けていた。

今はまだ辛うじてリルや大会出場者たちが抑え込んでいるが、このままでは観客の多くに被害が出るだろう。

「……ぼくがやろう」

覚悟を決めた声で告げたのは、オリオンだった。

「ぼくが全力で雷魔法を放てば、この渦を消し飛ばせるかもしれない。……いや、必ず消し飛ばしてみせる。勇者として、そしてこの国の皇子として、ぼくには国民を守る義務がある……っ！」

無論、オリオンとて、決して魔法が専門というわけではない。

この渦を破壊できるだけの魔法を発動できるかどうかは、かなり微妙なところだろう。

しかし他に手はない。少なくとも、ファナやアンジェよりは可能性があるはずだった。

「……あんたに任せたわ！」

「ん、頼んだ」

「さすが勇者よぉん！　アタシたちは準備の間、是が非でもオリオンちゃんを死守してみせるわぁ！」

大役を託され、力強く頷くオリオン。

すぐに魔法の詠唱を始めた。

無詠唱でも魔法を使うことはできる。だが最大の威力を求めるならば、ある程度の時間をかけて詠唱することは必須だった。

詠唱には集中力と魔力を高め、魔法の出力を上げる効果があるのだ。

しかしそれを黙って許してくれる魔の渦旋ではなかった。

魔力の高まりを感知したのか、凶悪な魔物を優先的に彼のもとへと送り出していく。

もっとも、それを凌《しの》ぐ陣営も非常に強力だった。

「アンジェちゃん、ファナちゃん、ここが正念場よぉん！」

「言われなくても分かってるわよ！」

「ん」

ゴリティーア、アンジェ、ファナの三人でスクラムを組み、一体たりともオリオンのもとへ近づけさせない。

加えて彼らには、レウス特製ポーションによるサポートがあった。

「すごい回復能力ねぇ！　お陰で多少のダメージなんて気にならないわぁ！」

「どうせあんたは大してダメージ受けないでしょうが」

「あらん、さすがにアタシだって、こんな狂暴な魔物の攻撃は痛いわぁ？」

そんなことを言い合いながら、どうにか迫りくる魔物を弾き返し続けていると、

「っ……準備完了だ！　みんな、ぼくの後ろに！」

どうやらオリオンの詠唱が終わったらしい。

「あらん、なかなかの魔力ねぇっ！　これならいけるかもしれないわぁっ！」

ゴリティーアたちが素早くオリオンの背後へ回った。

「「「グルアアアアアアアアアッ!!」」」

壁がなくなったことで、魔物がオリオンのところへ殺到してくる。

だが先頭の魔物の牙が届く前に、彼は全力の魔法を解き放った。

「サンダーストーム……っ！」

バリバリバリバリバリバリバリバリバリバリバリバリバリバリッ!!

闘技場に雷の雨が降り注いだ。

世界が弾け飛んだのではないかと錯覚するほどの爆音に、瞼《まぶた》を開けていられない凄まじい光量。

さながら天変地異のごとき現象を前にして、人も魔物も、まるで時が止まってしまったかのようにその場で動きを止めた。

やがてゆっくりと時間が動き出す。

「ど、どうだ……?」

息を荒くしながらオリオンが問う。

「渦が……消し飛んだわ……っ！」

「ん、やった」

巨大な魔力の渦がなくなり、円形のリングが露わになっていた。

これでもう、新たな魔物が生み出されることはないと思われた、そのとき。

「っ、待つのよっ！　まだっ……微かに渦が残っているわっ！」

ゴリティーアが叫んだ。

リングの中央、そこにごく僅かではあったが、渦巻く魔力が残ってしまっていた。

「でも、この程度なら……っ！」

アンジェが即座に自分の魔法を放とうとするも、その渦が急激な速さで大きくなっていく。

慌てて土砂の雨を降らせたが、多少その勢いを減じさせただけで、渦はどんどん元の大きさを取り戻していった。

「失敗……っ！」

オリオンが項垂《うなだ》れる。

「ぼ、ぼくのせいで……」

絶望で顔を歪《ゆが》めるオリオンだったが、それをゴリティーアが叱咤《しった》した。

「諦めるのはまだ早いわぁん！」

「ゴリティーアさん……っ！　でも、もう魔力が残っていない……っ！　それに、さっきは間違いなく全力だったたっ……それで上手くいかなかったんだ……っ！」

「うるせぇ！　てめぇそれでも漢かああああっ！」

「っ!?」

いきなり乙女を捨て去ったゴリティーアに怒鳴られ、オリオンがビクッとする。

「今からオレが漢を見せてやるぜっ！」

「ゴリティーア!?　あんた、魔法は使えないでしょ!?」

「魔法？　んなものじゃなくても、あいつを吹き飛ばせりゃいいんだろ？　だったら、こいつでいけるはずだ！」

ゴリティーアの全身から猛烈な闘気が立ち昇る。

「闘気っ!?　まさか、あたしとの試合で使った……」

「ああそうだ。気功弾だ。……いや、これからやるのはそんなもんじゃねぇ。言うなれば気功砲だな。なにせ、オレの闘気を全力でぶち込んでやるんだからよぉっ！」

「ちょっと待ちなさい!?　そんなことしたら死ぬわよ!?」

闘気は生命エネルギーだ。

それを使い果たすということは、命を使い果たすということ。

「はっ、ギリギリ死なねぇ程度の闘気だけは残しておくつもりだ。上手くいけば死なずに済むかもしれねぇぜ」

ゴリティーアは自らの闘気を使い切る勢いで、渦目がけて放出するつもりらしい。

「上手くいけばって……っ！　そんな一か八かに、命を懸けようっていうのかっ!?」

オリオンが慌てて問い詰める。

「それしか手がねぇんだから仕方ねぇだろ。そして少しでも可能性があるなら、オレはやる！　見せてやるぜ！　漢の生き様ってもんをなぁっ！」

前方に突き出したゴリティーアの両腕に、膨大な闘気が集束していく。

すでに元の大きさに戻った渦は、再び魔物を吐き出してそれを止めようとする。

「遅《おせ》ぇよっ！　消し飛びやがれぇぇぇぇぇぇぇぇぇぇぇぇぇぇぇっ！」

上から狙った方がより確実だと考えたのだろう、ゴリティーアは地面を蹴って数メートル以上も跳躍。そこから渦に向かって闘気の砲弾を発射した。


「気功砲おおおおおおおおおおおおおお……っ!!」


ドオオオオオオオオオオオオオオオオオンッ!!

先ほどのオリオンの雷撃に匹敵、いや、それ以上の爆音が轟く。

闘気の余波だけで周囲にいた魔物が吹き飛び、咄嗟にその場で伏せたアンジェたちも耐え切れず、観客席前の壁に激突してしまった。

やがて静けさが戻ってきたとき、今度こそ渦は完全に消滅していた。

「ゴリティーア！」

跳躍していたゴリティーアが地上へと落ちてくる。

地面に叩きつけられる寸前で、どうにかアンジェがキャッチした。

「重っ……って、それより、大丈夫!?」

ゴリティーアは意識を失っている。

アンジェが慌てて心拍を確かめてみると、

「動いていないっ!?　くっ……」

慌てて心臓マッサージをするアンジェだったが、なかなか心拍が戻ってこない。

レウス特製のポーションも飲ませてみたが、まったく効果がなかった。

そもそも闘気を放出し切ったせいで、心臓を動かすだけの生命エネルギーが残っていないのだろう。

「それならっ……」

アンジェは咄嗟に自らの闘気を分け与えることを考えた。

そんなことが可能かどうかは分からないが、他にできることはない。

自らの闘気を慎重にゴリティーアの中へと入れていく。

と、そのときである。

どくん、どくん、どくん……。

「っ！　動き出したわっ！」

闘気の分け与えが功を奏したのか、ゴリティーアの心拍が復活したのだった。

第五章　ダンジョンコア

「……ふう、どうにか三つ目も消滅させることができたな」

街の南に出現した魔の渦旋を片づけた俺は、大きく息を吐いた。

大きな魔法を連発したので、さすがにちょっと疲れたぜ。だが仕事はまだ終わりではなく、この渦が吐き出した魔物も掃討する必要がある。

「追跡型広域駆除魔法」

しかも最初の二つのときより数が多いため、一苦労だった。

「ともあれ、これで俺の役目は果たしたぞ」

『マスター、闘技場の渦が消えましたね』

「どうやらアンジェたちが上手くやってくれたみたいだな」

アンジェとファナの魔法では難しいので、他の誰かと協力したのだろう。

渦を消し飛ばしたのは、勇者オリオンか、あるいはあのゴリティーアかもしれない。

これでこの都市を陥れていた脅威は、すべて取り除いたはずだ。

前世の俺が作った禁忌指定物を利用し、こんな真似をしているやつは何者なのか。詳しい調査をしなければならないが、疲れたのでひとまずのんびり闘技場に戻るとしよう。

だがその帰り道の途中だった。

「シャアアアアッ!!」

「だ、誰かっ……助けてくださいっ！」

「うわあああんっ！」

「赤ん坊がっ……赤ん坊がいるんですっ！」

大蛇の魔物に襲われている若い母親と赤ちゃんを発見したのである。空を飛んでいた俺は、リントヴルムを急転回させて駆けつけた。

「奥さん、呼んだかい？」

「えっ、赤ちゃん!?　……もしかして夢でも見てるのかしら？」

助けを求めて叫んだら赤子が現れたので、夢の中かと錯覚してしまう母親。

「あうあ……」

彼女の赤子の方もびっくりしてしまったのか、泣き止んでしまった。

「夢じゃないよ？　正義の赤ちゃんの登場だよ」

「シャアアアッ！」

「はいはい、君は黙っててね」

「～～ッ!?」

大蛇の魔物を瞬殺してから、俺は渾身の決め顔を若い母親に向ける。

「もう大丈夫だよ、奥さん（キリッ）」

「あ、ありがとう……」

「ところで」

戸惑う彼女の豊満な胸を見ながら、俺はカッコいい決め顔のまま言った。

「僕にもミルクくれないかな？　ちょっと喉が渇いちゃってね」

『馬鹿なこと言ってないで早く戻りますよ』

「あっ、ちょっ、リンリン、なに勝手にっ……お礼ミルクがあああああっ！」

俺の制御を無視し、リントヴルムが強引に空へと舞い上がってしまったのである。

母子の姿があっという間に小さくなってしまい、俺はリントヴルムをジト目で睨みつけた。

「とんだ邪魔をしてくれたな。もう少しでミルク貰えそうだったんだぞ？　しかも素晴らしい巨乳だったんだ」

『毎度のことながらキモ過ぎます、マスター。あの母親も完全に引いていましたし、絶対くれなかったと思いますよ』

せっかくの母乳チャンスを逃した俺に、リントヴルムは辛辣だ。

「しかし、なぜあそこに魔物がいたんだ？　俺の魔法で、渦から出てきた魔物は全滅させたはずだが……」

　首を傾げながら地上を見下ろしていると。

　それが起こったのは、家と家に囲まれた空き地のような場所だった。

　地面から何かが盛り上がってきたかと思うと、二足歩行の狼《おおかみ》の魔物が姿を現したのだ。

「……は？」

『魔物が……生まれてきましたね』

　俺とリントヴルムはそろって我が目を疑う。

「いや、ちょっと待て。どういうことだ？　街中に魔物が出てきた？　それもまるでダンジョンで魔物が出現するような感じで……」

　そこまで言ったところで、俺はハッとする。

「待て、ダンジョンだと？　まさか……。リンリン！　上空へ！」

『了解です』

　リントヴルムに命じ、一気に高度を上昇させる。

　だがある程度まで進んだところで、そこからまったく高度が上がらなくなってしまった。

『マスター、どうやら限界のようです』

「マジか。しかもリンリン、見てみろ。この街の出入り口を」

　都市を取り囲む城壁に存在する、七つの城門。

突如として起こった魔物の大量発生を受けて、そこに人々が殺到しているのだが、

『開いているはずも門から、外に出ることができなくなっていますね。一体どういう現象でしょうか？』

リントヴルムの疑問に俺は答える。

「ダンジョンだ。この都市そのものが、ダンジョンに呑み込まれてしまってるんだよ」

恐らくこの現象には、ダンジョンに関する二つの技術が使われている。

一つがダンジョンの制御技術。

それはその言葉通り、ダンジョンを自分の好きなように操作したり、改造したりできる技術のことだ。

そしてもう一つが、ダンジョンの地上化技術。

本来ダンジョンというのは、地下や建物の中などの閉鎖的な空間に存在するものであるが、これはそれを地上のような開放された空間にまで広げる技術である。

後者は前者を前提とした技術であるので、今この都市そのものがダンジョン化しているとすれば、必然的に両方の技術が使われているということになる。

「そしてダンジョンというのは、決まった場所からしか出入りすることができない」

『だからこの都市から外に出ることができないわけですか』

「そういうことだ」

ちなみにこのダンジョンに関する二つの技術も、禁忌指定していたものだ。

魔の渦旋のことといい、メルテラが追っている大賢者の塔の生き残りが関わっているに違いない。

そうこうしているうちに、俺は闘技場へと戻ってきた。リングの上にいるファナたちのところに降り立つ。

「レウス様」

「メルテラも戻ってたみたいだね」

「すでにご存じかと思いますが」

「うん、分かってる。渦を全部消滅させても、まだ魔物が出てくる話でしょ」

どうやらメルテラもこの現象に気づいていたようだ。

そしてすでにみんなに説明してくれていたらしい。話が早くて助かる。

「都市ごとダンジョンに呑み込まれるとか、意味分からないんだけど！　どうするのよ!?」

「これを解消する方法は一つしかないんだ。ダンジョンの最下層まで潜り、ダンジョンコアを見つけて上書きすること」

それまでこの都市からは、誰一人として逃げ出すことはできない。ずっと危険に晒《さら》され続けることになる。

まぁ一応、唯一の出入り口を通れば外に出ることも可能なのだが、たぶん一度地下に潜らないとダメだろう。

「時間が惜しい。僕はこれからすぐにダンジョンの下層を目指すよ」

「私も行く」

「あたしもよ！」

ファナとアンジェが手を挙げ、同行を志願してきた。

「いいけど、全力で進むからね。遅れたら置いてっちゃうよ？」

以前の彼女たちなら、足手まといになるため同行を許さなかっただろう。だが今なら何かの役には立つかもしれない。

そのときもう一人、同行を希望してくる者がいた。

「ぼくも連れていってくれ……っ！」

勇者オリオンだ。

「勇者として、この街の人たちを護るためにぼくも戦いたいんだ！」

「そう？　じゃあ一緒に来てもいいよ」

「本当かいっ？」

『珍しいですね、マスター？　男の同行を許すなんて。てっきり断るかと思いました』

一方で、メルテラは地上に残るつもりらしい。

「わたしは地上に留まって、魔物の討伐と住民たちの避難に尽力したいと思います」

さらに彼女は念話を飛ばしてきて、

『それに……ここまで大掛かりに禁忌指定物を使ってきたのは初めてでございます。きっと今度こそ犯人の手がかりが摑めるはず』

『なるほど。じゃあ任せたよ』

ゴリティーアもまた地上に留まるようだ。

「アタシも同行したいところだけど、さすがにやめておくわぁ」

「それがいいわ！　さっき死の淵《ふち》から生還したばかりだもの！」

まぁどのみち俺が同行を許さないけどな？

「それで、下層まではどうやって行くんだい？　俄かには信じられないけど、この都市とダンジョンが繋がってるってことだよね？」

「うん、実は心当たりがあるんだ。付いてきてよ」

オリオンの質問に頷いてから、俺は地上から下層へと繋がるルートへと向かった。

「ところで、君もあのハイエルフのように中身は大人なんだよね？　見たところエルフではなさそうだけれど……」

走りながら訊いてくるオリオン。俺がいない間に、メルテラからは事情を説明されたのだろう。

「ううん、僕は本当に見た目通りの年齢だよ？」

「全然そうは見えないんだが!?」

「ばぶー？」

「急に赤ちゃんっぽく振る舞われても……」

懐疑的な目を向けてくるオリオンだが、ファナが断言してくれた。

「ん、師匠は本物の赤ちゃん」

「あんたは何で素直にそれを信じられるのよ……」

アンジェが呆れているが、俺が赤子に見えない人間は、きっと心が汚れているのだと思う。

『どう考えても心が汚れているのはマスターの方です』

リントヴルムは相変わらず手厳しい。

「ここは……下水道？」

「うん、そうだよ。この先で下層に繋がってるみたい」

そうして俺が三人を連れてやってきたのは、都市の地下に張り巡らされている下水道だった。

「……臭い」

「下水道だから仕方ないけど、凄い悪臭ね……」

顔を顰《しか》めるファナとアンジェ。

汚水の強烈な悪臭に加えて、ネズミが走り、虫が飛び回っている。

「っ……魔物もいる！」

「スライム？」

「汚物を食べるシットスライムだね。汚水を吐き出すからあまり近づかない方がいいよ」

「一番戦いたくない相手なんだけど!?」

そんな中を進んでいくと、やがて人工的な地下道の途中に大きな穴を発見した。

その穴の先はごつごつとした岩肌となっている。洞窟型のダンジョンらしい光景だ。

「ここがちょうど連結部みたいだ。急ぐよ」

躊躇《ちゅうちょ》なくその穴に飛び込み、ダンジョンの最奥を目指す。

「ちなみに元々あったダンジョンを拡張させ、この都市まで繋げてきたはずなんだけれど……近くにそれらしいダンジョンってある?」

「ダンジョンなら幾つかある。ただ、一番近いものですら数十キロは離れているはず。それをここまで拡張させるなんて……」

「少なくともかなり前から計画を立ててたんだろうね」

戦慄《せんりつ》するオリオンに対して、俺は見解を口にする。

「メルテラさんから話は聞いたけれど、あの謎の渦といい、これが何者かの仕業だなんて正直信じられない。しかも一体何の目的でこの国を……」

……開発したのは前世の俺だけどな。

それを勝手に悪用されているわけなので、目的については俺にもよく分からない。

メルテラによると、一つの禁忌指定物が利用された事件には何度も遭遇してきたが、複数が使用されたケースはこれが初めてだという。

何を目指しているのかは分からないが、ついに犯人が本格的に動き出したのかもしれない。

『ですが相手もまさか、あんなにすぐに渦を破壊されるとは思っていなかったでしょう』

『そうだろうな。こうしてダンジョンの奥を目指されるのも想定外かもしれない』

洞窟めいた道に入ってからは、ほとんど直線ルートだった。これは最短距離でダンジョンを拡張し、都市に繋げたためだろう。

「風」

ファナが起こした追い風の後押しを受け、ペースを上げる。道幅が狭いこともあり、非常に効果的だ。

ちなみに俺はファナに抱っこしてもらっている。あくまで体力温存のためだ。他意はない。

ひたすら真っ直ぐ走り続けていると、やがて広い空間に出た。

「ここからがようやく元のダンジョンっぽいね」

「……なんだかちょっと暑いわね」

確かに急に気温が上がった感じがする。

この先は普通のダンジョン攻略だ。寄り道などしている暇はないので、とにかく最短で階段を見つけ、どんどん下層に降りていくしかない。

「次はこっちだね。そしてこっち。ここを真っ直ぐ行ったら、次は左だね」

「ちょ、ちょっと待ってくれっ？　どうしてそんなことが分かるんだっ？　もしかしてこのダンジヨンに来たことがあるのかい？」

「ううん。初めてだよ？」

「じゃあ何でそんなに確信をもって進めるんだ……？」

オリオンの疑問への答えは簡単だ。

「探索魔法を使ってるからね」

「そんな赤子がどこにいるんだ……」

俺の正体を知りたそうなオリオンは無視し、先へと進む。あまりのんびりはしていられないからな。

下層に降りていくにつれて、気温がますます高くなってきた。

やがて灼熱《しやくねつ》のマグマが流れる階層へと辿り着く。

「こんなフロアがあるなんて、道理で暑いわけだわ！」

「このマグマ地帯っ……まさかここは、『灼熱洞窟』じゃないか……っ!?」

「お兄ちゃん、知ってるの？」

「……帝国の南東にある巨大な火山……その中腹に入り口を有するダンジョンだ。この通り下層にはマグマが流れるフロアが続いていて、何の対策もしていなければ挑むことすらできない超高難度ダンジョンとして知られている。そして過去にここを攻略したのは、あの伝説の勇者リオンのパーティだけ……」

　オリオンががっくりと項垂れた。

「無理だ……あの勇者リオンですら、苦戦したと言われるこのダンジョンを、初見で攻略するなんて……しかも高熱への対策もできていない……」

「はい、耐熱魔法」

「っ!?　何だ、急に身体がひんやりしてきた……?」

「これでちょっとやそっとの高熱なら防げると思うよ」

　メルテラなら完全に炎や熱を無効化する魔法も使えるのだが、まぁ仕方ないだろう。

「そんな魔法まで使えるなんて……」

　と、そのときだった。

「オアアアアアアアアアアアアアアアアアアアアアアッ!!」

　耳をつんざく大咆哮。それとほぼ同時に、マグマが溜まって池のようになった場所から、巨大な何かが飛び出してきた。

「気を付けてくれっ！　このダンジョンには、レッドドラゴンが棲息していると聞いたことがある……っ！」

　オリオンが慌てて叫ぶ。

　直後に姿を現したのは、真っ赤な鱗《うろこ》を有するドラゴンだった。

「にしても、ちょっと大き過ぎないかしら!?」

「ん、前に戦ったのより、ずっと大きい」

以前、ベガルティアのダンジョンの下層で行われた、Aランク冒険者への昇格試験。

そのときに戦ったレッドドラゴンは、魔石で強化された特殊個体だった。

しかしこいつはそれ以上の巨体だ。

いや、それだけではない。

「「オアアアアアアアアアアアアアアアアアアアアアッ!!」」

「ば、馬鹿なっ!?　首が複数ある……っ!?　二つ三つ四つ……な、七つ、八つ……っ！　八つ首のレッドドラゴンだって!?」

巨大な胴体から、なんと八つもの首が生えていたのである。

「オリオンお兄ちゃん、このダンジョンにこんなレッドドラゴンが棲息してるって、聞いたことある？」

「あ、あるはずがないっ！」

「まぁ、そうだろうね」

レッドドラゴンが、通常の進化でこんなふうになることはない。

つまり通常ではない方法で、無理やり進化させたということ。

『黒い魔石、ですか』

『だろうな。それしか考えられん。まぁこれだけ禁忌指定物が使われてるんだ、今さら驚きもない』

　トレントがエンシェントトレントに進化したように、黒い魔石には魔物を上位種へと強制的に進化させる力があるのだが、こんなふうに通常ではあり得ない進化を引き起こすこともできるのだ。

「『オアアアアアアアアアア――』」

「っ……ブレスがくるっ!?」

　八つの頭が同時に首を撓《たわ》めたかと思うと、一斉に猛烈な炎の息を吐き出してきた。

　広範囲に及ぶ津波のような火炎の息に、もちろん逃げ場所などない。

「逃げる必要もないけど」

　俺は結界を張ってそれを防ぐ。

「な、なんて強力な結界なんだ……あれだけのブレスを凌いでしまうなんて……だけど、どうやって戦えば……」

「そもそもこいつとやり合う必要もないからね、とっとと先に進もう」

「え？」

　俺たちはこの階層の出口に向かって走った。

　八つ首のレッドドラゴンなんて無視である。わざわざ戦う意味もない。

「『オアアアアアアアアアアアアアアアアアアアッ!!』」

「なんか、無視するんじゃないって感じで、めちゃくちゃ怒ってるけど……」

「放っておけばいいよ」

すぐに下層へと繋がる階段を発見し、それを下りていく。

レッドドラゴンの巨体では階段を通ることができず、ただ怒りの咆哮を轟かせているだけだ。

だがそこからもずっとマグマ地帯が続いた。

まぁそういうダンジョンなのだから当然だが。

さすがに〝敵〟もあのレッドドラゴンのいる階層を抜けられるとは思っていなかったのか、あれ以来、黒い魔石を喰らったと思われる魔物には遭遇していない。

無論、ダンジョンそのものが超高難度ということもあって、俺たちの行く手を阻むのは凶悪な魔物ばかりだったが、ファナやアンジェたちでも十分対処できる程度ではあった。

「はぁ、はぁ、はぁ……」

そんな中、オリオンだけが呼吸を荒くしている。

「あんた大丈夫？　随分としんどそうだけど？」

「し、心配は要らない……」

「動きも鈍い。リングで戦ったときと、別人」

ファナの言う通り、オリオンは明らかに動きも悪かった。試合でファナと互角の戦いを見せていたとは思えない。

「なるほどね。お兄ちゃん、まだその勇者装備の力を長くは使えないってことか」

「っ……なぜそれをっ……」

　俺が指摘すると、オリオンは驚いたように息を呑んだ。

「どういうことよ？」

「この装備、単にオリハルコン製で凄い攻撃力と防御力があるってだけじゃない、ってことだよ。装備していると、ステータスそのものを大幅に引き上げてくれるはず」

「私たちのも付与がある。師匠が作ってくれた」

「そうだね。ただ、お姉ちゃんたちのはミスリル製だし、正直気休め程度だよ。この勇者装備はそんなレベルじゃない」

　下手したら本来の実力の倍、いや、それ以上の能力を引き出してくれるかもしれない。

「ただ、さすがに無条件ってわけにもいかないよね。それだけの装備となると、使い手にも相応の能力を要求するし、制限がかかったりもする」

「……」

「本来ならこんなに長く装備し続ける予定はなかったはずでしょ。無理せず地上に残っていればよかったのに」

「っ……」

　すべて図星だったようで、悔しそうに顔を歪めるオリオン。

「本当にすごいな、君は……こんなに簡単に、見抜かれてしまうなんて……」

オリオンは観念したように白状する。

「君の言う通りだ。ぼくの今の実力じゃ、この装備を長くは使えない。それにこの装備がなかったら、ぼくの本来の力は君たちの足元にも及ばないだろう」

彼がファナと互角に戦えていたのも、過去に四連覇できたのも、この鎧による大幅なステータスアップがあったお陰のようだ。

「そっか。まぁもう知られちゃったわけだし、脱いじゃいなよ。着ているだけで体力も奪われちゃうでしょ？」

「い、いや、それはやめておくっ！　これ以外に着るものを持っていないからね……っ！」

「そう？　服なら貸してあげるけど？」

「大丈夫だから！　それにステータス上昇効果がなくても、十分に強い装備だし！　体力もまだ心配ない！」

なかなか頑なである。

『……マスター？　なぜそこまで脱がそうとされるのですか？』

仕方ないのでそのまま先へと進むことに。

「まぁもうちょっとで最下層だからね」

やがて俺たちはボス部屋へと辿り着いた。

目の前に巨大な両開きの扉があり、この先にボスモンスターが待ち構えているはずだ。

勇者リオンが苦戦したと聞いたが、正直そこまで難しいダンジョンではなかったな。

勇者の故郷から近いところにあるダンジョンだし、もしかしたら初期の頃に挑戦したのかもしれない。

「ぜえぜえ……」

オリオンは疲労困憊《こんぱい》といった感じだが。

勇者装備の恩恵を失った彼にとっては、なかなか厳しいダンジョンだったようだ。

ボス部屋で待ち構えていたのは一つ目の巨人だった。

サイクロプスという魔物だな。

しかしよく見ると、固まった溶岩で全身が覆われていて、鎧のようになっている。

「普通のサイクロプスではなさそうだ」

こいつも黒い魔石を喰わされたのだろう。さすがに簡単には攻略させてくれないようだ。

「ウオオオオオオオオオオオオオオオオオッ!!」

その咆哮に呼応するように、周囲のマグマ溜まりから炎の柱が立ち昇る。

どうやらこの巨人が操っているようで、それが四方八方から襲いかかってきた。

加えて天井から次々と降り注ぐ岩の塊。

「ん、大変」

「何なの、こいつ！　めちゃくちゃでしょ⁉」

さらに落ちてきた岩の塊が勝手に動き出した。溶岩の塊であるそれは、どうやらゴーレムだったようだ。

「ゴーレム⁉　くっ……しかもこの数っ……」

「ボスは僕が倒すから、ゴーレムはお姉ちゃんたちに任せるよ。普通のゴーレムと違って熱いから気を付けてね」

「了解」

「分かったわ！」

威勢よく応じるファナとアンジェ。一方、オリオンは青ざめている。

「お兄ちゃんは頑張って逃げてて」

「ぐっ……足手まといにしかならないなんて……」

悔しそうにしているオリオンを余所に、俺はリントヴルムに乗って一つ目の巨人へと突っ込んでいった。

「氷矢」

氷の矢をその身体に撃ち込んでやる。

矢というか、槍ぐらいの大きさだったが、しかしそれは巨人の身体に近づく前に溶けてなくなってしまった。

「思った以上の熱量みたいだな」

氷が弱点属性だろうと思ったのだが……。

メルテラ並みの氷魔法でなければ、むしろ無効化されてしまうようだ。

「なら……爆矢」

巨人の胸に直撃した矢が、凄まじい爆発を起こした。

しかし残念ながらこれもまったくの無傷である。

「あの溶岩の鎧、かなり硬いな。……っと」

俺を叩き落とそうとしてきた剛腕を咄嗟に回避するが、今度は口から炎を吐き出してきた。

それも躱して、俺はその一つ目へと急接近する。

「こういうやつは目が弱点って、相場が決まってるからな」

剣モードにしたリントヴルムを、その唯一の目へと突き刺そうとした。

ガキンッ!!

「っ?」

だがその寸前に瞼が閉じられると、剣の切っ先が弾かれてしまう。

「瞼まで硬いのかよ……けど、そうやって護ったってことは、つまり弱点ってことだな」

俺はその閉じられた瞼を狙って何度も魔法を放ち、幾度も剣で斬りつけていく。

どんなに硬いとはいえ、壊せないものではないはずだ。

予想通り、やがて瞼が割れて眼球が露わになる。

「ウオオオオオオオオオッ!!」

「マグマが……」

巨人が叫ぶと、周囲のマグマがその頭に向かって飛んできた。

さらにそのマグマが冷えて固まると、まるで兜《かぶと》でも被《かぶ》ってしまったように、頭部を完全に溶岩が覆ってしまった。

「マジかよ。狙われてるのを理解して、保護しやがったぞ」

『随分と賢いですね。これも黒い魔石の力でしょうか?』

ちなみに俺が少し手間取っているうちに、ファナやアンジェはゴーレムに囲まれて結構なピンチに陥っていた。

オリオンに至っては、もはや必死に逃げ惑うだけだ。ボス部屋の前で待っててもらった方がよかったな。

『どうされますか、マスター? 見たところ、かなりお疲れの印象です。最近のマスターであれば、このレベルの魔物でも問題なく討伐できるはず。あの規模の魔の渦旋を三つ破壊し、さらにここまで休みなく潜ってこられて、消耗されたのでしょう』

「そうだな……さすがにこの赤子の身体で無理をし過ぎてしまったみたいだ」

『ご命令とあらば、わたくしがブレスであの邪魔な鎧を破壊しますが？　魔力も十分に充填されていますし、休止状態になる心配もありません』

「そうしてくれ。今は無駄な時間を使ってる暇はない」

『では』

いったん杖《つえ》モードに戻したリントヴルムの竜の意匠が、大きく口を開ける。

その口腔に凄まじいエネルギーが集束し、そして巨人目がけて放たれた。

「～～～～～～～～～～～～～～～～ッ!?」

頭部を覆っていた溶岩の兜が消し飛び、再びその唯一の目が外に出てくる。

すかさず俺は全力で突っ込んでいった。

割れた瞼でなんとか保護しようとする巨人だったが、その隙間を縫うように再び剣モードにしたリントヴルムの切っ先が眼球を貫く。

「ウオオオオオオオオオオオオオオオオッ!?」

目から盛大な血飛沫《ちしぶき》が噴き出し、その場で盛大に尻餅をつく巨人。最後の悪あがきか、ボス部屋のマグマが暴れまくって大変だったが、やがて巨人が絶命し、マグマも完全に沈黙した。

「……どうにか倒せたな」

さすがに疲れて溜息を吐きながら、俺はファナたちのもとへと戻った。

巨人を倒したことでゴーレムも動きを止めていた。

あちこちにその残骸が転がっていて、一日で激闘を繰り広げたのが分かる。

「ファナお姉ちゃん、僕、疲れちゃった」

「ん、師匠。頑張った」

ファナの胸で受け止めてもらう。

ぐへへへ……これが一番、体力が回復するぜ。

『それよりキモマスター。早くダンジョンコアを探すべきでは？』

『おっと、そうだった。……ん、今、キモマスターって言わなかった？』

『気のせいです』

ダンジョンの制御は、ダンジョンコアと呼ばれる、ダンジョンのいわば心臓に干渉することによって行う。

「そもそもダンジョンコアって、聞いたことないんだけど？」

「そうだね。ダンジョンを攻略しても、ダンジョンコアが出てきたりはしないから」

「なら、どこにある？」

ダンジョンコアの場所は、ダンジョンによって異なる。

基本的にはボス部屋の近くにあるものではあるが、決して見える場所にあるわけではない。

「でも、ダンジョンコアは魔力の塊のようなものだからさ。魔力濃度の高い場所を探せば……うん、こっちの方だね」

「ん、確かに、そんな気がする」

「そうね。こっちの方が魔力が強い感じね」

ファナとアンジェが頷いているのは、二人とも魔力の流れが分かるようになっているからだ。

「魔力が濃い……？　ぼくにはまったく分からないんだが……」

オリオンは魔力の濃淡にピンと来ていない様子。

まぁ、あまり魔力を意識しなくても魔法は使えるものだしな。

「この壁の向こうみたいだね」

「壁の向こうだって？　それじゃあ、どうしようもないじゃないかっ!?」

「どうして？」

「だって、ダンジョンの壁は破壊できないはず……」

そこでアンジェが前に出た。

「あたしも前はそう思ってたけど、そうじゃないのよ」

「お姉ちゃん、もしかしてチャレンジする気？」

「そうよ。今のあたしなら、何となくできるような気がするの」

そう言って闘気を溜め始めるアンジェ。

「まさか、お姉ちゃん……」

「はああああああっ!!」

次の瞬間、アンジェの拳から放たれた闘気の塊が、ダンジョンの壁を直撃した。

ドゴオオオオオオオオオオンッ!!

ゴリティーアがやっていた闘気を放出する技だ。

もうそれをモノにしてしまうなんて……。

「ふぅ……初めてだったけど、上手くいったみたいね」

壁には穴が空いていた。

人が一人潜《くぐ》り抜けられる程度の大きさではあるが、このダンジョンの硬い壁に穴を空けただけでも上等だ。

しかも最初は闘気を使い過ぎて、気絶してしまう者も多いのだが、アンジェはちゃんと意識を保っている。

「お姉ちゃん、成長したね。師匠として嬉しいよ」

「……そんなこと言いながら、胸に顔を埋《うず》めようとしてるのは何でかしら?」

「赤ちゃんの本能ばぶー」

「師匠なのか赤ちゃんなのか、どっちかにしなさいよ!」

嫌だ!　俺は良いとこどりするんだ!

「ん、あれがダンジョンコア?」

「わっ、すごく綺麗ね!」

穴の奥に小さな部屋があり、そこにダンジョンコアが浮かんでいた。

自然にできたものとは思えない、美しくカットされた巨大な宝石のような物体だ。

ダンジョンによって色合いが違うが、ここのダンジョンコアは燃え盛る炎のように赤い。

と、そんなダンジョンコアのすぐ傍《そば》に。

「な、何だ、貴様らは!?」

「なぜここに人が!?」

数人の怪しい人間たちがいた。

どうやらこいつらがダンジョンコアを操作していた連中のようである。

「馬鹿な……このダンジョンを攻略し、ここまで辿り着いたというのか……？　念には念を入れて、絶対に到達できないようにしていたというのに……」

この集団のリーダー格っぽい老齢の男が、愕然《がくぜん》として後退《あとずさ》った。

今回の一件、どう考えても単独犯ではない規模だったが、やはり組織的なもののようだ。

そもそも各地で禁忌指定物の事件が起こっている時点で、そうだろうと思ってはいたが。

「倒せばいい？」

「そうだね、ファナお姉ちゃん。ただ、後で詳しい事情を聞きたいから、殺さないようにね」

「ん、了解」

第六章　勇者オリオン

レウス一行がダンジョンの最下層を目指している頃。

ダンジョンに呑み込まれてしまった都市で、メルテラは大いに活躍していた。

「すごい魔法ねぇん。こんな巨大なシェルターを作っちゃうなんて。さすが伝説のハイエルフだわぁ」

「簡易的なものですから、さすがにドラゴンなどの凶悪な魔物の攻撃には耐え切れませんが、今この街にいる魔物程度であれば、十分に防げるかと思います」

そう説明するメルテラが作り出したのは、氷の要塞だった。

最大収容人数は軽く千人を超え、分厚い氷の扉が魔物の侵入を阻んでいる。

氷でできているため内部はかなり涼しいが、ちょうど夏が近い季節であるため、むしろ快適に過ごすことが可能だ。

この要塞が、都市の各所に全部で五十以上。ここに逃げ込むことで、すでに住民の大半が避難を完了しているはずだった。

「後はレウスちゃんたちが、ダンジョンを攻略してくれるだけねぇ」

「いえ、わたしたちもまだ油断はできないかと」

「あらん、そう？」

と、メルテラとゴリティーアがそんなやり取りをしていた、まさにそのときである。

「クルアアアアアッ‼」

要塞の一つに、一体の魔物が襲いかかろうとしていた。

「ちょっ……あれは、フェニックス⁉　何であんな魔物がいるのよぉん⁉」

ゴリティーアが驚くのは無理もない。

フェニックスは炎に包まれた巨大な鳥で、神話に登場するような魔物である。

今、彼らの頭上を悠々と飛翔するそれは、全長十メートルを超えており、かなり離れているというのに、ここまで猛烈な熱風が押し寄せてきていた。

「あれは……さすがに防げませんね」

メルテラの氷の要塞など、いとも簡単に溶かされてしまうだろう。

「くっ……やるしかないわねぇ！」

戦う覚悟を決めるゴリティーア。

とはいえ、空を飛行する巨大な魔物と戦うのは、それだけでかなり不利だ。

ましてや相手は神話級の魔物フェニックスである。

（どうすれば……仮にわたしの氷の魔法が効くとしても、空中戦では明らかに分が悪い……）

頭をフル回転させ、必死に作戦を考えるメルテラ。

「人間よ、我に任せるがよい」

そんな彼女のもとに現れ、自信ありげに宣言したのは白銀の髪の獣人美女だった。

「……あなたは？　確か、レウス様の……」

「うむ、訳あって主と仰いで付き従い、リルと呼ばれている」

メルテラの目の前で、美女の身体に異変が起こった。

口部が前に突き出てきたかと思うと、全身が白い毛に覆われていく。

腰の辺りが盛り上がり、上体が前に倒れ、腕が地面につくような格好になると、さらに身体が巨大化していった。

「こ、これはっ……」

「ワオオオオオオオオオオオオンッ!!」

そこに現れたのは、巨大な白銀の狼だった。

「まさか、フェンリルでございますか……っ!?」

「ちょっ、フェニックスだけじゃなくて、フェンリルまで!?　ああん、さすがにお手上げよぉん！」

リルが変身するところを見ていなかったのか、青ざめた顔でゴリティーアが叫ぶ。

「……いえ、その心配は要りません。どうやらこのフェンリルは、我々の味方のようでございますから」

「え？」

次の瞬間、フェンリルが地面を蹴った。

凄まじい跳躍力で一気に宙に舞うと、悠々と都市の空を支配していたフェニックスに躍りかかる。

「クエッ！」

すぐさま方向転換し、フェンリルの牙を躱すフェニックス。

「グルアアアッ！（無駄だ！）」

だがフェンリルが前脚を振るうと、それが真空波を生み出して離れた場所のフェニックスの翼を引き裂いた。

「クエエエッ!?」

躱したはずがダメージを受けてしまい、フェニックスが鳴き声を響かせる。

片方の翼が傷つき、バランスを崩してふらふらとよろめいたフェニックスだったが、すぐに体勢を立て直した。

よく見るとフェンリルが与えた傷が修復している。

「ああん！　傷が治っちゃったわぁん！」

「フェニックスは何度死んだとしても、その度に炎の中から生き返る、不死身の魔物だと言われていますが……」

「もしそうなら、どんなに頑張っても倒せないじゃないのよぉ!?」

一方のフェンリルは地面に着地していた。

フェニックスの傷が癒えていくのを見ても、まるで動じる様子はない。

「クエエエッ!!」

今度はフェニックスが攻撃を仕掛ける番となった。

両の翼を大きくはためかせると、炎の矢が雨のごとく降り注ぐ。

俊敏な動きでそれを避けていくフェンリル。

だがこれだけ激しい炎の雨を降らされては、先ほどのように跳躍して近づくこともできない。

「同じ神話級の魔物といっても、空を飛んでるフェニックスの方が有利じゃないのよぉっ!」

「そうでございますね……ただ、あの落ち着き払った様子、何かフェンリルにも策があるのかも……」

空を悠然と舞いながら、炎の雨を降らせ続けるフェニックス。

フェンリルはそれを躱しつつ反撃の隙を窺《うかが》っているが、その雨が激し過ぎて、なかなかチャンスがない。

「ワオオオオオオオオオオオオオオオオオオオオオオオオオオッ!!」

そのときフェンリルが響かせた大咆哮。

氷の要塞の中にいても、その余波を浴びただけで気の弱い人間たちがバタバタと倒れていく。

「なんて威圧感なのぉっ……さすがは神話級の魔物ねぇ」

「っ……ご覧ください、フェニックスが」

指向性の咆哮を浴びたフェニックスが、真っ逆さまに地上へと落下してくる。

そのまま道のど真ん中の地面へと叩きつけられた。

「グルアアアッ!!」

炎の鳥を地上へ引きずり下ろし、絶好のチャンスを迎えたフェンリルが、猛スピードで躍りかかった。

辛うじて意識を取り戻したフェニックスだったが、もはや空へと逃げる時間はない。

鋭い爪で、フェニックスの身体をズタズタに引き裂いていくフェンリル。

周囲に火の粉が飛び散り、それが石造りの道路や建物を焼いた。

しかし不死身と言われるフェニックスだ。

炎がその傷口を覆い尽くすと、あっという間に元の姿へと戻ってしまう。

「あれじゃ、いつまで経っても倒せないわん……っ！　それに攻撃を加えているはずのフェンリルちゃんも、身体が焼けてきちゃってるじゃなぁい……っ！」

一方的に相手にダメージを与えているように見えたフェンリルだが、そもそも身体全体が常に炎に包まれているフェニックスである。当然ながらフェンリルもその炎に巻き込まれ、美しい白銀の毛が黒く焦げていく。

「クエエエエエッ!!」

無駄だと言わんばかりにフェニックスが鳴いた。

「ワオオオオオオオオオオオンッ！（無駄？　笑わせる。貴様ごときの炎が、我に効くとでも思うか？）」

それでもフェンリルは構うことなくフェニックスを攻め立てる。その喉首に嚙みついて、思い切り引き千切った。

だがフェニックスはまさに不死鳥だった。

放り投げられた頭部が消失すると、代わりに新たな頭部が生えてくる。たとえ頭を失ったとしても簡単に元に戻ってしまうようだ。

「やっぱりフェニックスを倒す方法はないみたいだわぁ」

「いえ……そうでもなさそうです」

「？」

「ご覧ください、フェニックスの身体が最初よりも随分と小さくなっていませんか？」

「あら、言われてみれば……た、確かに、小さくなってるわぁん！」

当初はフェンリルに匹敵するサイズを誇っていたフェニックスだが、今やその半分、いや、それよりも小さくなってしまっていた。

さらに傷の修復速度も明らかに遅くなってきている。

「炎も、弱まってるわぁん……」

「そうですね……さらにどんどん小さく……」

ついにそこらの鳥程度の大きさになってしまったフェニックスを、フェンリルはそのまま丸呑みにしてしまった。

「……ゲフッ（マズい鳥だ）」

小さくゲップをしたフェンリルの身体が再び小さくなっていった。

そして元の獣人美女に戻ってしまう。

メルテラは慌てて彼女のところに駆け寄って、

「倒したのでございますか？」

「うむ、見ての通りだ」

「相手は神話級のフェニックス……まさかこんなに簡単に……」

驚くメルテラに、フェンリルが首を振った。

「いや、やつはフェニックスなどではない。本物のフェニックスなら、この程度では倒せぬだろう」

「え？　フェニックスではなかったのでございますか？」

「恐らく似たような鳥の魔物を無理やり進化させ、フェニックス〝モドキ〟にしたのであろう」

「なるほど……恐らく黒い魔石を使うことで、あれを生み出したのでございましょう。ただ、さすがに本物の神話級の魔物にはできなかったということでございますね」

と、そのときである。

ずっとこの都市全体に充満していた魔力が、不意に薄れてなくなっていくのをメルテラは感じ取った。

「ようやく解消されたようでございますね。レウス様が上手くやってくれたのでしょう」

今はまだ魔物が徘徊しているが、これでもう新たに生まれてくることはないだろう。

「氷の要塞もありますし、後はどうにかなるでしょう。というわけで、わたくしは……」

◇　◇　◇

城壁の上で街を見下ろしながら、その集団のリーダーは信じられないとばかりに呻《うめ》いた。

「フェニックスが、敗れただと……？　あれだけの黒い魔石を喰わせて作り出した、神話級の魔物が……しかも、それをやったのがフェンリル……まさか、この街の誰かが使役しているとでもいうのか……？」

彼の想定外だったのはそれだけではない。

彼らが総力を挙げて作り出した五つもの巨大な魔の渦旋が、いとも簡単に消滅させられてしまったのだ。

　武闘大会のために街に強者が集まっている状況だったため、一つ二つは破壊される可能性もあるかもしれないと想定していたが、あれほどの短時間で五つすべてが消滅するなど、どう考えてもあり得ないことだった。

「加えて、別動隊がこの都市そのものをダンジョンに呑み込ませることに成功した……これで逃げる場所もなくなり、確実にこの都市は壊滅、誰一人として生き残ることは不可能……の、はずだったというのに……っ！」

　それどころか、街のあちこちに出現した氷の要塞に人々が避難したせいで、ほとんど被害が出ていないような状況である。

　そしてこれを打破するための起死回生の策として投入したのが、あのフェニックスだったのだ。

「だ、だが、この都市がダンジョンに呑み込まれた状態なのは変わりがない。このまま街の出入りができなければ、いずれ食糧が尽きて餓死するはず……」

　もちろんそれでは想定より遥かに時間がかかってしまう。

　数年前から準備を進め、ついに実行に移した一大プロジェクトが、こんな事態に陥ってしまったことを、果たして上にどう報告すればよいのか。考えるだけで背筋が凍りつく。

　しかも、万一……本当に万に一つの可能性ではあるが、都市のダンジョン化すらも解消されてしまったとしたら……。

「伝説の勇者の生まれ変わりと持て囃《はや》される、この国の皇子……。どう考えても、あの魔の渦旋を破壊したのはその皇子の仕業に違いない……。もしダンジョン化にも気づいて、それを解消しようと考えたとしたら……い、いや、さすがにそんなはずは……」

と、そのときだ。彼が信じがたい光景を目撃することになったのは。

出入りができなくなっていた城門の一つ。そこから人が街の外に脱出していくのが見えてしまったのである。

「ば、馬鹿な!?」

何かの間違いではないかと目を凝らしたが、やはり人々が当然のように城門を潜り抜けていく様子が遠くからでも分かった。

さらに街中で魔物がまったく湧き出してこなくなっている。もはや街のダンジョン化が失われたとしか考えられない。

「こんなに短期間で、あのダンジョンが攻略されたというのか!?」

「ようやく見つけましたよ」

愕然として叫んだとき、突然、背後から聞き慣れない声がした。

「っ!?」

慌てて後ろを振り返ると、するとそこにいたのは、

「あ、赤子だと……?」

生後半年かそこらの赤子が地面に立ち、こちらを見上げていたのだ。

ただ、赤子とは思えないくらい目鼻立ちがはっきりしており、耳の先端が尖っている。

もしかしたらエルフかもしれない、というところまで男は推測できたが、さすがにその正体が何百年も生きているハイエルフだということには思いもよらなかった。

「な、なぜここに赤子がっ……いや、仲間たちはどこに……」

「あなたのお仲間たちなら、そこで氷漬けになっていますよ」

「っ!?」

そこでようやく気づく。

エルフの背後に幾つもの氷柱が出現しており、その中に彼の仲間たちが捕らえられていた。

「この氷……まさか、街中の氷の要塞は……っ！」

「ええ、わたしの魔法で作ったものでございますよ。そんなことよりも、やっと尻尾を捕らえることができました。今までは後手を踏んでばかりで、なかなか実行犯を見つけられませんでしたからね」

赤子エルフのその言葉を聞いて、男はハッとあることに思い至る。

「っ……最近、各地での実験が、悉く何者かに潰されていると聞いていた……それは貴様の仕業だったというのかっ!?　くそっ……」

「逃がしはしませんよ」

踵を返して走り出した男の身体が、一瞬にして凍り付いていく。そのまま氷柱の中へと閉じ込められてしまった。

「さて、それでは詳しいことを聞き出すといたしますか」

この連中は恐らくただの実行犯だろうと、赤子エルフ――メルテラは考えていた。

彼らの背後には、千年以上も昔、大賢者の塔から禁忌指定物を盗み出した人物がいるはずだった。

◇　◇　◇

「うーん、失敗しちゃったね」

俺は頭を掻いていた。足元にはダンジョンコアのところにいた連中が、完全に息絶えて転がっている。

『どうやら捨て駒だったようですね』

『そうだな。まさかいきなり心臓が爆発して死ぬとは思わなかった。あらかじめ仕込まれていたんだろう。酷いことするよな』

ファナがこの連中を無力化させたと思った直後に爆発音が響き、バタバタと倒れていったのである。

「この連中は一体何だったんだ……？」

オリオンにはまったく心当たりがないようだ。

「ともあれ、ダンジョンコアの操作は終わったから、無事に街は解放されたはずだよ。そして地上にも実行犯がいるはず」

メルテラが上手くやっていれば捕まえてくれているだろう。

そっちも自爆している可能性はあるが……。

「じゃあ地上に戻ろう」

ダンジョンボスを倒すと、地上までの直通ルートが出現する。俺たちはそこを通って、地上へと脱出した。

ダンジョンを出た先は、オリオンが言っていた通り火山の中腹だった。

「帰りはこれに乗っていくよ」

亜空間の中から飛空艇を取り出す。

「な、何だ、これは!?」

「空を飛ぶ船だよ。これに乗っていけば、帝都まで三十分もあれば着くと思うよ」

「空を飛ぶ船……？　伝説の乗り物じゃないか……き、君は本当に何者なんだ……？」

「ただのかわいい赤ちゃんだよ？」

「そんなわけあるか！」

困惑しているオリオンを促し、飛空艇に乗り込む。

「本当に空を飛んでいる……」

操舵室から外を見て呆然としているオリオンに、俺は提案した。

「お兄ちゃん、疲れたでしょ？　廊下に行けば個室があるから、そこで休んできたらいいよ」

「あたしはシャワーで汗を流したいわ！　耐熱魔法があっても熱かったし、かなり汗かいちゃったもの！」

「ん、同じく」

シャワーを浴びにいくアンジェとファナ。

「シャワーだって……？　そんなものまであるのか……」

「うん。お兄ちゃんもどう？」

「そ、そうだな……確かに、随分と汗を掻いてしまったが……あの試合からずっと動きっぱなしだったし……」

「あ、ちょっとにおうかもー？」

俺は軽く鼻を摘まんで言う。

「えっ……ぼ、ぼくも浴びてくることにするよ！」

「せっかくだし、大浴場を使ってみてよ」

「大浴場？」

「うん。こっちだよ」

俺は右舷の三階にある大浴場へオリオンを案内した。

「ここだよ」

「船の中にこんなお風呂がっ⁉」

「お姉ちゃんたちは個室のシャワーを使ってるし、お兄ちゃんの貸し切りだから、好きに使ってくれていいよ」

「ほ、本当にいいのかい？　じゃあ、お言葉に甘えて……」

オリオン一人を残し、俺は大浴場を後にする。

と、見せかけて。

『マスター？　なぜ脱衣所を出たところで立ち止まっておられるのですか？』

訝《いぶか》しむリントヴルムを余所に、その場に留まることしばし。

五分ほどが経っただろうか。

「……今だ！」

俺は再び大浴場へ。

『マスター、何をされるつもりで？』

リントヴルムを無視し、脱衣所で衣服を脱ぎ捨てて生まれたままの姿になると、俺はオリオンのいる浴室へと勢いよく飛び込んだ！

「お兄ちゃんっ、やっぱり僕も一緒に入るうううううう！」

「～～～～～っ!?」

湯船に浸かっていたオリオンが、俺の乱入に思い切り目を見開く。

慌ててその白い腕で隠した二つの大きな双丘だったが、それだけでは隠し切れず、腕の隙間からむにゅりとはみ出していた。

「あれれ～？　お兄ちゃん、お胸に何かついてる～？　もしかして、お兄ちゃんじゃなくって、お姉ちゃんだったの～っ？」

「きっ……きゃあああああああああっ！」

オリオンの口から甲高い悲鳴が轟いた。

『……なるほど。なぜマスターが男性の同行を許したのだろうと思っていたのですが……こういうことだったのですか……よく気づきましたね？』

『くっくっく、鎧で隠した程度で、俺があの巨乳を見逃すとでも思ったか？』

『さいですか』

彼、いや、彼女の胸の二つの膨らみは、アンジェやリルに勝るとも劣らない。

むしろ初見で見抜けなかったのが不思議なくらいである。かつての勇者リオンが間違いなく男だったから、それに惑わされたというのもあるかもしれない。

『そしてわざわざ汗を流させようとしたのはこのためでしたか』

『あの邪魔な勇者の鎧を何としても引っぺがしたかったからな！』

『勇者の鎧を邪魔扱い……もしこの国の誰かに聞かれたら処刑されますよ？　いえ、むしろ処刑されてください』

リントヴルムが冷め切った空気で何か言ってるが、今の俺の頭の中にはもはや「混浴」の二文字しかない。

「大丈夫だよ、お姉ちゃん！　僕は赤ちゃんだからね！　恥ずかしがらなくたっていいし、何なら隠さなくても！　ぐへへへ……」

「み、見た目は確かに赤ちゃんかもしれないけどっ……全然そうは見えない……っ！」

胸を押さえたまま、俺から距離を取るオリオン。

「いやっ、そんなことより……っ！　ぼくが本当は女だっていうこと、絶対に秘密にしておいてくれないかっ!?」

よっぽど重要なことなのか、この状況にもかかわらず切実な表情で訴えてくる。

「うーん、どうしよっかなー？　だって、一緒にお風呂入るの嫌がってるしなぁ……赤ちゃんとして、ちょっと悲しいっていうか……泣いちゃうっていうか……」

『鬼畜ですか、マスター？』

オリオンが慌てて叫んだ。

「わ、分かったよっ！　一緒に入るからっ！　だから絶対に黙っておいてほしい……っ！」

「ほんと？　わーい、じゃあ、お姉ちゃん抱っこしてーっ！」

「ひっ！」

ひっ、って。

こんなにかわいい赤子なのになぁ……。

『どこがですか』

仕方ないので抱っこは諦めて、オリオンのすぐ隣にぷかぷかと浮く。まだ湯船の底に足がつかないのだ。

「それで、どうしてお姉ちゃんは男のフリをしていたの？」

「そ、それは……」

詳しい事情を聞いてみると、どうやら事の発端は彼女が生まれる前、この国のとある著名な聖職者が遺した預言にまで遡るようだった。

「伝説の勇者リオンの生まれ変わりが、帝国の王家に誕生する。そんな預言だったんだ。そしてちょうどその直後に、ぼくが生まれた。ただ、生まれたのはぼくだけじゃなかった。ぼくには双子の兄がいたんだ」

オリオンの双子の兄。

その預言が正しいか否かは置いておくとして、当然ながら勇者の生まれ変わりとして持て囃され、帝国中で祝福されることとなった。

「けれど、そんな兄を悲劇が襲った。まだ七歳のときだった」

流行り病に罹り、そのまま呆気なく亡くなってしまったのだという。

「勇者の生まれ変わりが病気で死んだ。そんなことを世間に公表したら、帝国の、そして勇者の血を引くとされる王家の権威が失墜しかねない。そこで双子の妹で、兄と瓜二つだったぼくに白羽の矢が立ったんだ」

オリオンという名は本来、死んだ兄の方の名前だった。

彼女の本当の名前はリオネ。

だがその日から、リオネという名前を捨て、オリオンとして生きることになったのである。

「でも、どんなに必死に頑張っても、ぼくは兄じゃない……勇者の生まれ変わりでもない……なのに父上は、勇者の力を知らしめようと、勇者祭で武闘大会なんてものを始めてしまうし……。最初はまだ規模が小さくて、勇者装備があれば優勝も簡単だった。けれど、段々と実力のある出場者が増えてきて……」

人々の前では勇者として振る舞いながら、誰にも言えなかった胸中の苦しみを吐露するオリオン、いや、リオネ。

「うんうん、お姉ちゃん、大変だったんだね……」

「……頷きながらずっとぼくの胸を凝視してるよね？」

「赤ちゃんだからね。おっぱいには目がないんだ。食欲的な意味で」

「君のはそういう感じに見えないんだけど……邪念を感じるというか……」

『彼女の言う通り、卑猥な性欲です』

せいよくってなに？

ぼくよくわかんない。

「結局それどころじゃなくなってしまったけれど、今回の大会、あのまま進めていたらぼくは確実に負けていたと思う……」

「そうだね。ファナお姉ちゃんには勝てたとしても、ゴリティーアお兄ちゃんには勝てないと思うよ」

「すごくはっきり言うんだね……。まぁ、その通りだと思うけれど。あの黒い渦の破壊も失敗してしまったし、ダンジョンに潜ってからもずっと足手まといだった……ははは……本当に、ぼくが勇者だなんて、笑っちゃうよ……」

自虐的に嗤《わら》うリオネ。

とはいえ、今さら真実を明かして勇者を降りるわけにもいかない。これからも勇者の生まれ変わりとして生きていくしかないだろう。

本人もそれを覚悟しているようで、

「……もっと強くなるしかない。たとえ偽物だとしても、伝説の勇者の血を引いていることは間違いないんだ。せめてあの鎧がなくても、ファナさんに負けないくらいには……」

「そんなお姉ちゃんに朗報だよ！」

「え？」

「実はね、手っ取り早く潜在能力を引き出すことができる特別な施術があるんだけれど……よかったら受けてみない？（ニヤリ）」


「大丈夫。ファナお姉ちゃんとアンジェお姉ちゃんもこれを受けて魔力回路が整ったお陰で強くなったんだからううんズルとかじゃないよむしろ世界中の人が受けるべき治療だと思うしそういう時代がもうすぐ来るはずだからリオネお姉ちゃんは今すぐ受けるといいよ大丈夫痛みとかはないし受けたら世界が変わるしきっと勇者に相応しい強さを身に付けることができるというか強くなりたいのなら受けない選択肢はないでしょ勇気だよ勇気ここで勇気を見せないでいつ見せるのそんなことじゃ勇者になれないよ大丈夫お姉ちゃんは自分のことを勇者の生まれ変わりじゃないと思ってるかもしれないけどもしかしたらその双子のお兄ちゃんじゃなくてお姉ちゃんの方こそが勇者の生まれ変わりだったかもしれないじゃない実際今こうして勇者装備を身に着けているのはお姉ちゃんなんだしさあ勇気を出して飛び込んでみよう」

そんな俺の懸命な説得によって、リオネは施術を受けることになった。

『説得というより詐欺やカルト宗教の勧誘のようでしたが？』

心の汚い者にはそう聞こえてしまうんだよ、きっと。

「な、なんで裸のままなんだ……っ!?」

「裸の方がやり易いからだよ。元から裸だったんだしちょうどいいでしょ?」

浴室を出てすぐ。大浴場の脱衣所だ。

そこに設置されているマッサージ用の台の上に寝転んだリオネの裸体を、俺はじっくりと診る。

「ふむふむ、ここと、ここと、あとこの辺が特に混線しちゃってるね。じゃあ、始めるよ」

俺は魔力を集中させた指先で、リオネの白い肌に触れた。

「んんっ!?」

「ほら、動かないで」

「あっ……ま、待ってっ……ほ、本当に、こんなことでんあっ……」

「もっと力を抜いて。その方が治療しやすいからね。さあ、今からちょっと敏感なところにいくよ」

「ん～～～～っ!?」

そうしてじっくりとリオネの裸体を堪能《たんのう》、じゃなかった、魔力回路の修復を行うこと三十分ほど。

もうとっくに船は帝都の上空に辿り着いているはずだが、もちろん治療の方が優先だ。

「はぁ、はぁ、はぁ……うぅ……ぼくもう、お嫁に行けないかも……元から行けないだろうけど……」

先ほどお風呂に入ったばかりだというのに、またびっしょりと汗を掻いて、リオネは施術台の上でぐったりとしていた。

「うん、上手くいったよ。元々普通の人よりも回路が綺麗ではあったけど、それでもこれで今までより魔法が使いやすくなったはずだよ」

「だといいんだけど……」

操舵室に戻ると、アンジェとファナが待っていた。リオネは再び勇者装備に身を包み、オリオンとなっている。

「遅かったわね。もう到着してるわよ？」

「都市の出入りが可能になってる。魔物も見当たらない」

「ダンジョン化からちゃんと解放されたみたいだね」

ダンジョンコアを操作するのは久しぶりだったので少し心配していたが、どうやら間違えずにできたみたいだ。

あちこちに氷の要塞が建っているのはメルテラの仕業だろう。

「まだ街の中は混乱しているみたいだけど、そのうち落ち着いてくると思う。……さすがに武闘大会は再開できそうにないだろうけど。なんにしても、君たちのお陰だ。君たちがいなかったらと思うと、どうなっていたことか……。国を代表してお礼をしたい。本当にありがとう」

オリオンが深く頭を下げてくる。

……元はといえば、前世の俺が生み出した禁忌指定物のせいで、こんなことになってしまったんだけどな。むしろ俺が謝罪すべきかもしれない。

『その通りです、マスター。今ここで真実を白状するとともに、赤子として行ってきた数々の卑猥な行為を詫びて土下座すべきでしょう』

なんのことかなぁ、ばぶばぶー？

飛空艇から降りて、ひとまず闘技場に着陸する。

リングのあった場所には氷の要塞が建っていて、観客の多くはその中に避難していたようだ。

「あっ、勇者様だ！」

「本当だ！　勇者様だ！　ご無事だったのだな！」

「当然だろう！　なにせ勇者様なのだ！」

オリオンの姿に気づいた人たちが口々に声を上げる。

「もしかして勇者様が何とかしてくださったんじゃないか!?」

「そうだ！　きっとそうに違いない！」

「さすがは勇者様！」

「い、いや、ぼくは……」

慌てて否定しようとするオリオンだったが……それよりも早く、俺は声帯を上手く魔法でコントロールすることで、オリオンの声を完璧に再現しながら叫んだ。

「そうだ！　帝国はこのぼく、勇者オリオンが救ってみせた！　危ないところだったが、もう大丈夫だ！」

「ちょっ、レウス!?」

「「「うおおおおおおおおおおおおおっ！」」」

「「「オーリーオンッ!!　オーリーオンッ!!　オーリーオンッ!!」」」

まさか赤子が物まねをしているとは思わず、オリオンの言葉だと信じた人々が大歓声を響かせた。

それどころか、オリオンコールまでもが巻き起こる。

「な、何を言ってるんだっ？　街を救ってくれたのは君たちだろうっ！」

「そうかもしれないけど、誰もそんな期待はしてないからね。大衆が求めてるのは、あくまでも勇者だから」

俺は今回の活躍を勇者オリオンに押し付けるつもりだった。

というか、誰も赤子が都市の危機を救ったなんて信じてはくれないだろう。

「うぅ……また勝手に持ち上げられて……ぼくには勇者なんて、相応しくないのに……」

嘆くオリオンに、俺は言う。

「僕はそう思わないけどね」

「え？」

「正直、お兄ちゃんには勇者の才能があると思う」

実はあの勇者リオンも、元から強かったわけではない。

むしろ彼は正義の男だった。

人々を救いたい、その思いで必死に努力し、そうして魔族と戦うことができるまでに成長したのだ。もし彼が自分のことしか考えない男だったとしたら、きっと勇者になることはできなかっただろう。

今回オリオンは危険を顧みず、この国を救うためにダンジョンへの同行を自ら志願した。

その姿は、間違いなく勇者リオンと重なるものがあった。

「お兄ちゃんは勇者リオンとよく似ているよ。見た目もそうだけど、特にその勇敢な心がね」

「まるで勇者リオンを知っているかのような口ぶりだけれど……君は一体……」

「ただの赤ちゃんだけど？」

「どう考えても無理があるよ……」

その後、オリオンが予想した通り、武闘大会は中止となった。

あのまま試合が続いていたら、恐らく五連覇を逃すことになっていただろうし、彼からすればむしろ不幸中の幸いだったと思う。

せめて何かお礼をさせてほしいと訴えてきたオリオンだったが、俺はそれも遠慮した。

もちろん一緒にお風呂に入ってくれるとかなら、喜んで受けるけどな。

「じゃあこれはお礼じゃなくて、ぼくからのお願いだ」

「……？」

「この勇者装備、しばらく君に預けたいんだ」

「勇者装備を？」

まったく予想していなかったオリオンの〝お願い〟に、俺は面食らう。

ちなみに今のオリオンは皇子らしい正装に身を包んでいる。

「これがあると、どうしても頼ってしまう。それじゃあ、いつまで経っても成長できないと思ったんだ。だから本当に自分自身がもっと強くなるまでは、装備できないようにしておきたいなって」

「だから僕に？」

「うん。何となく、君に預けておくのが良いと思ってさ。もちろん君が装備してくれても構わない」

「さすがに僕が着るには大き過ぎるよ」

俺は苦笑しつつ、鎧の中に顔を突っ込んでにおいを嗅いでみた。

「何してるんだよ!?」

「つい」

そんなオリオンの覚悟に応え、勇者装備を亜空間の中に保管しておくことにした。

「じゃあ、そのうち返しにくるね。まぁお兄ちゃんなら、そう遠くないうちにこの装備に相応しい勇者になってると思うし、そんなに先のことじゃないでしょ。そのときはまた一緒にお風呂に入ろうね？」

「……それは遠慮したいよ」


無事に都市を救うことができたが、これでめでたしめでたし、というわけにはいかない。

この禁忌指定物を悪用している連中の正体を、突き止めなければならないのだ。

残念ながら、ダンジョンコアのところで見つけた実行犯たちからは何も吐かせることができなかったが、どうやらメルテラの方は上手くやってくれたようである。

「それで、実行犯を捕まえたというのは本当？」

「はい」

メルテラが頷く。

「一応、僕の方も見つけたんだけどね……自爆されちゃってさ」

「そういうこともあろうかと、わたくしの方は最初に丸ごと凍らせたのでございます。爆発を誘因するものが何か分かりませんが、大抵はそれで防げるはずですので」

「なるほど、さすが」

「その後、何人かは解除に失敗して自爆してしまいましたが……どうにか口を割らせることに成功しました」

「それで、何を聞き出すことができたんだ？」

「実は――」

第七章　魔法都市

アルセラル帝国を出発した俺たちは、飛空艇で大陸を一気に北上していた。

メルテラの案内で、かつて大賢者の塔から禁忌指定物を盗んだ犯人の居場所へと向かっているのだ。

「見えて参りました」

「あれは……都市？」

彼女が指さす先にあったのは、荒野のど真ん中に造られた巨大な都市だった。

「はい。魔法都市エンデルゼン。恐らく現在のこの世界で、最も魔法文明が発達した都市と言っても過言ではないでしょう。わたしが突き止めたところによると、実行犯たちはこの都市の人間たちであり、彼らは上からの命令に従って、各地で禁忌指定物の実験をしていたようでございます」

都市の中心には天高く聳《そび》え立つ塔が建っていた。

それは前世で俺が造った大賢者の塔とよく似ている。

「似ているっていうか、もはやそのものだな」

インスパイアされたというレベルではない。

「これを先に見ていれば、関係があることは丸分かりでございましたね……。魔法都市の噂《うわさ》は耳にしていましたので、いずれ伺おうとは思っていたのですが」

余計な回り道をしていたことに気づいて苦笑するメルテラ。

「しかしそのお陰でレウス様に会うことができましたから。さすがに敵がこれだけの勢力となっていては、わたし一人では手に余ったでしょう」

そしてあの塔は、まさに大賢者の塔と同様、現代の優秀な魔法使いたちが集い、日夜、魔法の研究に励んでいる場所らしい。

「俺の造った大賢者の塔はなくなったのに……誰か知らんが、禁忌指定物をパクったやつがこんな都市まで造ってやがるとは……」

正直かなり複雑な気分である。

都市の周囲には結界が張られていた。魔法都市と言われているだけあって、なかなか強固なものである。

「こっそりすり抜けるのは難しそうだな」

「はい、探知される危険性は高いです。大人しく城門から入ることにいたしましょう。実はアルセラルジャーナルのとある記者が、以前、潜入取材のため移民の一行に交じって中に入ったことがあるそうで、幸い出入りはそれほど厳しくないとのことでした」

どうやら帝都を出発する前に、メルテラはその記者からかなり詳しい情報を聞き出してきたようだ。

飛空艇からは少し離れた場所で降りて、俺たちは魔法都市へと向かった。

荒野を横断するように舗装された道路が走っていて、そこを何人も歩いている。

「彼らも都市に向かってるのか？」

「あの都市への移住が大変人気のようなのです。しかもその大半は、魔法使いではない人たちでございます」

「何でまた？」

「市民の住む場所と食べ物を、都市が保障すると喧伝《けんでん》しているからでございます。魔法によって、食料の大量生産が可能になったと謳《うた》っているようですよ」

作物の成長を促す魔法は、かつての大賢者の塔でも使っていたものだ。

しかし、あくまで通常よりも生育するというだけである。

見たところ都市の周辺は荒野で、農地があるわけでもないし、大勢の市民を受け入れられるほどの作物を確保できるとは思えないのだが……。

「そもそもあの街に何の用があるのよ？」

アンジェが怪訝《けげん》そうに聞いてくる。

「新しい冒険の拠点？」

と、ファナ。

「そうでございますね……どう説明すればいいものか……」

メルテラが悩ましげに呟きながら、ちらりと俺の方を見てきた。

俺は首を左右に振る。

ここで前世の話を出されては困るので、俺は代わりに説明した。

「ざっくり言っちゃうとね、お姉ちゃんたち。あそこに悪の拠点があるんだ」

「「悪の拠点？」」

メルテラが呆れたように念話を飛ばしてくる。

『……大賢者様、さすがにざっくりし過ぎでございます。それで納得してくれるとは――』

「ん、悪いやつは倒さないと」

「そうね！　ギルドの依頼じゃなかったとしても、放っておくわけにはいかないわ！」

『――納得されてる……』

二人とも脳筋だから。

「今回、アルセラル帝国の帝都で起こった事件も、その悪いやつらの仕業なんだって、お姉ちゃんたち。この間の海のこともそうだし、他にもエルフの里を滅ぼそうとしたり、やりたい放題してるみたい」

「ん、許せない」

「そんなに悪い連中なのね！」

まぁでも実際のところ間違ったことは言っていない。

そうこうしている間に城門へとやってくる。怪しまれては困るので、俺はファナに、メルテラはアンジェに抱えてもらって、ただの赤子のふりをすることに。

「ん、移住希望」

「娘が三人に赤子が二人……不思議な一団だな？」

出入りを管理している役人らしき男が、怪訝そうに俺たちを見てくる。

「……まぁいい。そこのゲートを潜れ」

「ゲート？」

そこにあったのは、魔力を発する怪しい門だ。

どうやら魔導具のようで、この都市に移住するためには、この門を通過しなければならないらしい。

『これを潜ると、生体情報や魔力情報がスキャンされてしまうとのこと。同様のものが街中の各所に設置されており、常に管理された状態に置かれてしまうそうでございます』

『居場所もすぐにバレてしまうってことだな』

もしこれで情報を奪われてしまったら、街中を自由に動きづらくなるだろう。

『さらにこのスキャンは、住民を選別するためのものでもございます。魔法の才能の有無に応じて、あからさまに居住区のグレードが変わるようなのです。特に高い才能を持つと判断された場合は、あの中央の塔で魔法の研究に従事することもできるようになるそうです。逆にまったく才能無しと判定されてしまうと……』

『どうなるんだ？』

『……詳しいことは、中に入ってからご説明いたしましょう』

俺とメルテラは自分たちの情報を隠蔽する。

抱えてくれているファナとアンジェについても、上手く誤魔化せたはずだった。

「四人そろってB判定か。最後の一人は……」

Bというのは、あの塔に入ることは許されないが、そこそこ良い居住区に住めるレベルらしい。

と、そこで俺はハッとしてしまう。

「あ、リルを忘れてた……」

最後に一人でゲートを通り抜けたリルだけ、隠蔽ができなかったのだ。

今は獣人の美女の姿をしているが、その正体は伝説の魔物フェンリルである。

一番情報をスキャンされたら困るのが彼女だった。

「っ!?　何だ、この魔力は……っ？　今まで見たことないぞっ？　そ、測定不能だと!?」

あ～あ、やってしまった。

「どうするのでございますか？　あの様子ですと、そのまま塔に連れていかれることになると思いますが」

「うーん、まぁどのみち、あの塔には乗り込むことになるんだし、先に行っておいてもらっても問題ないだろ。念のため余計なことを言わないようには言っておいたし」

破格の魔力を有することがバレてしまったリルは、すでに役人たちに連行されていってしまった。

この街では、才能の有無に応じて、待遇が大きく変わってしまうのだ。

「ではこれより、B判定の皆様を居住区にご案内させていただきま～す！」

やや甲高い声でそう告げたのは、うさぎの着ぐるみだった。

他にも同種の着ぐるみが何体かいるし、この都市のマスコットなのかもしれない。

そんな謎のうさぎに連れられ、居住区へ。

どうやらすでにこの城門から幾つかの居住区に分かれているようで、この居住区間を出入りするためには必ず許可が必要になるらしい。

しかも下位の居住区の住人が、上位の居住区に入ることは基本的に許されていないという。

B判定だった俺たちは、ちょうど真ん中のグレードの居住区のようだ。

「居住区は、あの塔を除くと、最上位のA区からC区までの三区画あるとされているようですが……」

「……なんか含みのある言い方だな？」

そうこうしているうちに、居住区に辿り着いた。

「皆様の住居はこちらの区画にあるマンションになりま～す。一世帯あたり、一室ずつご利用くださ～い」

俺たちB判定の移住者たちに与えられたのは、集合住宅の一室だった。

中に入ってみると、三つほど部屋があって、シャワーやトイレなども完備されており、なかなか悪くない環境である。

「これがA区になると、各世帯に一軒家が与えられます。さらに塔内への入場が許可されるような者には、かなりの豪邸が用意されるようです。一方、C区はここと同じく集合住宅ですが、これよりずっと狭く、トイレやシャワーなどが共用になっているとのこと」

配給される食料や衣服、医薬品なども、居住区によって大きな差があるらしい。

「随分と格差があるんだな」

「ですが、C区でも最低限の生活が保障されています。そのため各地の貧しい人々が、挙《こぞ》って移住を希望してきているのでございます」

もちろん住民たちには仕事が与えられる。

この都市は世界でも有数の魔道具の生産国らしく、その工場では常に多くの労働力が必要とされているのだという。

衣食住も仕事も保障されている。

それゆえC区だろうと、住民たちの多くはここでの暮らしに不満を抱いていない。

「それだけ聞くと、理想的な都市って感じがするわね？」

「悪の拠点っぽくない」

メルテラの説明を聞いて、アンジェとファナが首を傾げている。

「……ここまでは、この都市の表の顔でございますので」

どうやら何か裏があるらしい。

「塔への侵入を決行するのは夜……それまで時間もありますし、少し見に行ってみましょうか。この都市の地下に隠された四つ目の居住区——通称X区に」


俺たちはB区を出て、最下級の居住区とされているC区へとやってきた。

そのC区内には、関係者以外の立ち入りが禁止された建物が存在していた。

厳重に警備されたこの場所こそ、地下にあるX区への入り口なのだという。

隠蔽魔法で気配や姿を消した俺たちが様子を窺っていると、ちょうどC区の住人と思われる人たちが、中に連れていかれるところに出くわす。

『見たところ普通の住民にしか見えないが』

『X区に連れていかれるのは、犯罪者やこの都市に反抗的な者たちだけではございません。労働義務を果たせないような者も対象となっているようなのです。もちろん表向きは、更生施設や職業訓練施設に入ることになるとされているそうです』

こっそり彼らに交じって、その建物内へと侵入する。

そして長い螺旋《らせん》階段を下りていくと、やがて辿り着いたのは、広大な地下空間に広がるスラムのような薄汚れた街だった。

「何だ、ここは!?　こんな汚い場所に住めっていうのか!?」

「家も道路もボロボロじゃねぇか！　酷《ひで》ぇにおいがするしよ！」

「おい、あそこにガリガリの住民がいるぞ！　ちゃんと食えるんだろうな!?」

連れてこられた者たちが、居住区の有様を見て声を荒らげる。

「は～い、みなさ～ん、とってもうるさいですよ～。ここは皆さんのような〝使えない〟人間たちに、相応しい居住区になりま～す。部屋はあちこち余っていますので、好きなところをお使いくださ～い」

うさぎの着ぐるみが場違いなほど明るい声で告げると、当然、怒りに油を注ぐことになった。

「てめぇ！　ぶっ殺してやる！」

一人の男がうさぎに躍りかかった。

だが次の瞬間、うさぎは着ぐるみとは思えない俊敏さで男の拳を躱すと、その背中を蹴り飛ばす。

「～～～～～っ、があああああっ!?」

男は地面を何度も転がって、見すぼらしい家屋の外壁に激突。

そのまま気を失ってしまった。

「あちゃ～、一つ、言い忘れていました～。この居住区の住民たちは、まともな医療を受けることができませ～ん。ですので、怪我などにはぜひご注意を！　さてさて、何かご質問がある方はいらっしゃいますか～？」

誰もが完全に黙り込み、質問がないのを確認して、うさぎは満足したように踵を返すと、

「あ、もちろん、この場所から脱走しようとされた方には、きつ～い罰が待っていますので、お気をつけくださ～い」

そう最後に言い残して去っていくのだった。

『あの着ぐるみ、なかなか面白いな。中に人が入っていると思ったが、恐らく無人だ。どこかで遠隔操作されているっぽい。……ってことは、着ぐるみじゃなくて、ぬいぐるみか』

『恐らくそうでございましょう。そこまで高い戦闘力があるわけではございませんが、相手が並の人間なら、あれで十分、抑え込むことができるでしょう』

とそこで、俺はあることに気がつく。

『……僅かだが、身体から魔力を吸い取られている？』

『はい。この居住区にいると、微量ですが常に身体から魔力を吸収されるようになっているのでご

ざいます』

つまり居住区に住む全員から、強制的に魔力を集めているということだ。

『ここで吸い取った魔力を、様々なことに利用しているのでございます。魔法の研究や魔道具などの製造、あるいは農作物の育成……。健康な人間であれば、それほど支障のない程度でございますが、それでも長きにわたって住み続けていると、身体に異変が出ることは間違いありません。何より子供や高齢者、それに病人などには過酷な環境でしょう』

これがこの都市の裏の顔ってことか。

なかなかえげつない真似をしている。

しかし潜入取材をしたその新聞記者とやら、よくこんなことまで調べ上げたよな。

『詳しくは分かりませんが、恐らく特殊な探知能力を有した記者なのでしょう。ただ、もしこんなことを公表してしまっては国際問題になりますし、社内で極秘に協議を進めている段階のようで、現時点ではまだ記事になっていないそうでございますよ』

それをメルテラはどうやって聞き出したのだろう？

代わりに何か重要な情報でも提供したのかもしれない。それこそ今回の帝国で発生した出来事に、魔法都市が関わっていることとか。

『……そしてこれはまだまだ序の口。この奥には、さらに目を覆いたくなるような場所がございます』

メルテラの案内で、俺たちは居住区の奥へ。

それにしてもこの居住区、かなりの人数が暮らしているようだ。見たところ普通そうな人も結構いて、ここへ強制連行される基準の緩さを示している気がする。

ただし、魔力を吸い取られ続けているせいか、総じて元気がない。

顔色が悪い人も少なくなかった。

やがて俺たちが辿り着いたのは、高い壁で囲まれた隔離区画である。

その内部に侵入した俺たちは、悲惨な光景を目にすることとなった。

「ぐるあああああっ!! ここを出せぇぇぇぇぇっ!」

「殺す殺す殺す殺す殺す殺す殺す殺す殺す殺してやるうううううっ!」

「いひひひひひひひひひっ! ひゃはははははははっ!」

そこにあったのは無数の檻と、その中に閉じ込められ、怒声や奇声を発する人間たち。

いや、人間と呼ぶには、少々憚《はばか》られる。

頭に角を生やした者もいれば、背中に翼が生えた者、腕が四本ある者、三つの目を持つ者など、肉体的にも普通の人間とは違う。

『彼らは恐らく、ここから脱走を試みたことで〝罰〟を受けた者たちでございます』

『ちょっと待て。ということは、元は住民たちだったってことか? それが何でこんなことに……?』

顔を顰める俺に、メルテラは衝撃的な事実を告げたのだった。

『黒い魔石でございます。ここにいるのは、それを強制的に体内に埋め込まれ、人を超えた存在……いわば〝魔人〟に進化させられた人たちなのです』

『黒い魔石だと……？』

前世の俺が魔石研究の果てに開発に成功した黒い魔石は、通常の魔石とは比較にならないくらい、それを摂取した魔物を急激に成長させる。

あのエンシェントトレントがそうだったように、短期間で一気に上位種にまで進化することもある代物だ。

あるいは八つ首のレッドドラゴンのように、凶悪な変異種になることもあった。

だがそれを人間に使ったことはない。考えたことすらない。

なにせ、あまりにも非人道的すぎる。

『これが、その結果だっていうのか……』

身体の一部が変化し、まるで獣のように雄叫びや悲鳴を上げ続ける檻の中の人間たち。

『魔人は膨大な魔力を有しています。その魔力を吸収して、都市の運営に利用しているのでございます』

『俺が作った黒い魔石を、こんなことに利用しているなんて』

『これだけではございません。様々な禁忌指定物を、この都市は危険を承知で研究、活用しているようなのです』

『……あのとき、ちゃんと禁忌指定物を処分しておくべきだったな』

俺の弟子たちであれば、きっと適切に扱ってくれると思って、そのままにしておいたのだが……

いや、弟子のせいにするのは、ただの責任逃れだ。

危険と分かっていながらも、俺は自分の手で処理することができなかったのだ。

だからそれを弟子に丸投げして、死んでいった。

結局は俺の責任だ。俺自身が落とし前を付けなければならない。

ちょうどこの時代に俺が転生したことにも、意味があるのかもしれないな。

『とっととあの塔に乗り込んで、犯人をぶっ飛ばしてやる』

『そこで一つ、提案があるのでございますが』

『？』

いったん隔離区画を出た俺たちは、無人の家に身を潜め、そこで作戦会議を行うことにした。

そこでメルテラがある提案を口にする。

「ファナ様とアンジェ様には、この居住区に残っていただきたいのでございます」

「なぜ？」

「ちょっと、あたしたちも一緒に戦うわよ!?」

二人の実力では、警備の分厚いあの中央塔に挑むには心許《こころもと》ないからかと思いきや、メルテラにはどうやら他の意図もあるようだった。

「この都市で最も厄介なのが、魔法戦闘に特化した強力な治安維持部隊、魔法騎士団の存在でございます。レウス様が幾ら強くとも、一騎当千級の実力を有する魔法騎士たちを一掃しているだけで、かなり消耗してしまうでしょう。また、犯人に逃げられる可能性もございます」

つまりできるだけ、その魔法騎士団とやらの戦力を削いでおきたい、というのがメルテラの作戦らしい。

「お二人には、タイミングを見計らって、この居住区で暴れていただきたいのです。その際、あの隔離区画の魔人たちを解放させるのがよいでしょう。そうすれば、魔法騎士団もこちらに多くの戦力を割くしかございません。……彼らを利用するのは心苦しいですが、この都市を放置していれば、いずれもっと多くの被害者が出ることになるでしょうから」

ファナとアンジェもこの作戦に同意し、二人はこの場に残ることに。

しっかりと隠蔽魔法を施《ほどこ》し、こちらの合図があるまでは、大人しくしているようにと念を押した。

そうして俺とメルテラはこの地下居住区を後にすると、B区へと戻り、それからA区へと向かう。

『リルの方はどうなってるかな？　……リル、そっちはどうだ？』

『精密検査を受けさせられているところだ。今のところフェンリルであることはバレていないが、時間の問題かもしれぬ』

中央の塔に連れていかれた彼女から、念話でそんな返事が返ってくる。

『そうか。こちらから合図するか、もしくはバレてしまったら、元の姿に戻って徹底的に暴れ回ってくれ。できる範囲で構わないが、なるべく人は殺さないように頼む』

『了解した』

ファナやアンジェには地下居住区で、そしてフェンリルには塔の下層で暴れてもらう。

そうすれば敵の戦力が完全に分散されるはずだ。

「ここだな」

「はい。居住区とは比較にならないほど、セキュリティが厳しいです。気を付けてまいりましょう」

大きな一軒家が建ち並ぶA区を横断した俺たちは、やがて塔の入り口へと辿り着いたのだった。

第八章　大賢者

「これは……まさか、黒い魔石の製造工場？」

厳しい警備と監視センサーを突破し、塔内に立ち入った俺は、そこで思わず息を呑む。

巨大なガラス管が幾つも並び、その間を研究者や作業員らしき男女が忙《せわ》しなく行き交っているのだが、そのガラス管の中に浮かんでいるのはすべて、黒い魔石だ。

「そのようでございますね」

「……これだけの数を同時に製造しているとはな」

一つだけでも危険な代物だというのに、それが大量に生産されているなんて……。

「ここの連中はこいつの危険性を理解しているのか？」

「恐らく末端は言われた通りに動いているだけではないでしょうか」

衝撃を受けたのはこれだけではなかった。

続いてすぐ上のフロアへと移動した俺たちが見たのは、高さ三メートルを超える何体もの巨大な人型の兵器だ。

「魔導巨兵でございますね」

「ああ。だが、普通の魔導巨兵じゃない。こいつは恐らく、俺が開発した五感リンク技術を使ったやつだ。明らかに人が乗り込むようにできていないからな」

魔導巨兵は俺が開発したものではなく、当時よりもっと古い歴史があった。

本来は人が内部に乗り込み、操作することが可能な兵器である。

分厚い装甲によりほとんどの魔法や物理攻撃を無効化する上に、並のドラゴン程度なら軽く捻《ひね》り潰せる力を持つため、世界各国が挙って製造をしていた。

そんな時代において、俺の発明が画期的だったのは、操縦者の五感とこの魔導巨兵を遠隔で完全リンクさせることを可能にした点だ。

これが上手くいけば、難しい操縦技術を習得する必要すらなくなり、離れた場所からほとんど意のままに魔導巨兵を操作できるはずだった。

だがこの技術は、残念ながら禁忌指定することになってしまう。

というのも、この五感リンクにより、操縦者の精神が致命的なダメージを受ける可能性が判明したためである。

特に精神的に弱い者だとその影響は顕著だった。

中には問題なく操縦をできる者もいるが、それでも長期にわたって使用し続けることによる悪影響は避けられないだろう。

「こいつまで量産してやがるとは……」

魔導巨兵の奥には、それを遠隔操作するための操縦席が並んで置かれていた。

席とは言ったが、椅子などはなく、大きなボックスの中に入って操作する形になっている。

二足歩行する魔導巨兵と操縦者の感覚を、できる限り一致させるためだ。

「……誰か来ますね」

「あれは……」

そのとき魔導巨兵の格納庫と思われるこの広い部屋の奥から、数人の集団が姿を現した。

研究者らしき連中と、彼らに連れられたまだ十歳かそこらと思われる少年少女たちだ。

大人たちに促されて、彼らはボックス内に入っていく。

「まさか、あの子供たちが操縦者なのか？　確かに脳が柔軟な子供の方がより五感リンクに適用しやすいが、子供の幼い精神じゃ、大人以上に危険だぞ？」

「研究のためならば子供すら犠牲にするのを厭わないとは……なかなか反吐《へど》が出ますね」

恐らくこれから操縦訓練なのだろう、子供の操縦者たちによって魔導巨兵たちが動き出し、この格納庫から出て行こうとする。

そのときだった。

「う、うあああああああああああああああっ！」

突然、子供の一人がそんな奇声を上げ始めた。

「5番、適正なし」

「この程度の簡単な操作でパニックに陥るとはな」

「おい、中から引き摺《ず》り出して、X区に連れていけ」

研究者たちはまったく慌てる様子もなく、淡々としていた。

慣れているのか、それとも感情など最初からないのか。彼らが子供たちを見つめる目は、実験動物を見るそれと同じだった。

　しかしそんな彼らにも誤算があった。

　奇声を上げる少年が操作する魔導巨兵が、彼らに襲いかかったのである。

「っ！　何をしている!?　早く引き摺り出せっ！」

「いや間に合わん！　殺せ！」

　直後、彼らの一人が魔法を放った。

　操縦ボックスごと吹き飛ばすような強烈な爆発が巻き起こる。

「誰が操縦席ごと破壊しろと言った!?　5番だけを殺せばよかったものを！」

「そんな余裕はなかっただろう！」

「と、とにかく助かった……」

　暴走した魔導巨兵は動きを止めていた。

　安堵の息を吐く彼らだったが、すぐに新たな異変に気がつくこととなる。

「操縦席が……無傷？」

「中に5番もいるぞ!?　それに、何か横に小さいのが……」

すんでのところで割り込み、少年を爆発から護った俺を見て、彼らは同時に叫んだ。

「「あ、赤子!?」」

「何でこんなところに赤子が!?」

思わず飛び出して少年を助けてしまったのである。

さすがに十歳かそこらの幼い子供が殺されそうになっているところを、見過ごすわけにはいかないだろう。

……俺の方が年下だけどな。

少年は俺の魔法で眠っている。

目を覚ます頃には、恐らく落ち着いているはずだ。研究者たちもさすがに今すぐ命を奪おうとはしないだろう。X区に連れていかれるかもしれないが、どうせ近いうちにそれどころではなくなるはずである。

少年を残し、俺は素早くその場から立ち去った。

「っ？　逃げたぞ!?」

「速い!?　どう考えてもただの赤子ではない！　追え！」

メルテラのところに戻ると、再び隠蔽魔法で姿を隠す。

「消えた!?」

「どこに行ったんだ!?」

「くそっ、すぐに出入り口を封鎖しろ！」

必死に捜し回っているが、すでに俺たちは格納庫から脱出している。

「ただの迷い込んだ赤子と思ってくれないかな？」

「さすがにそれは期待できないかと存じます」

「だよな。じゃあ、そろそろ皆に始動してもらうとしよう」

そんなやり取りの直後に、けたたましい警報音が鳴り響いた。

◇◇◇

『お姉ちゃんたち、聞こえてる？』

「ん、聞こえてる」

地下居住区に残り、狭い無人の家屋に身を潜めていたファナとアンジェは、レウスからの念話に反応する。

「これが念話？　頭に声が響いてくるわ！　遠く離れていてもやり取りできるなんて、随分と便利な魔法があるのね！」

思わず目を輝かせるアンジェ。

ちなみにレウスが普段から自身の杖と念話でやり取りしていることを、彼女たちは知らない。

『作戦通りに動いてもらいたいんだ』

「ん、承知」

「分かったわ！　暴れまくってやるわよ！」

そうして彼女たちは隠れていた家屋から飛び出した。

再び隔離区画にやってくると、片っ端から檻を攻撃していく。

事前にレウスが言っていた通り、魔法的な処理がなされていることで、檻は内側からの衝撃には強くできているようだが、逆に外側からの衝撃には脆《もろ》いようだった。

二人にかかれば、破壊するのはそう難しいことではなかった。

「うおおおおおおおおおおおっ！」

「出られたあああっ！　ひゃっはあああああああああっ！」

「死ね死ね死ね死ね死ね死ねえええええええっ！」

自由になった魔人たちが暴れ出し、他の檻を攻撃するので、芋づる式に次々と魔人が解放されていく。

「ちょっ、これはどういうことですか～っ!?」

「何で勝手に檻から出てるのです～っ！」

異変を察したのか、そこへ看守役の二体のうさぎが駆けつける。この都市では同種のぬいぐるみが各地に配置されているのだろう。

それに気づいた魔人が激昂《げきこう》して彼らに襲いかかった。

「よくも俺たちを騙《だま》してくれたなぁあああああっ！」

「ぶち殺してやるうううううううっ！」

どうやら幾らかの理性は残っているようで、自分たちがこんな目に遭った原因や、敵の存在を認識しているらしい。

「「た、退避です～～～っ！」」

慌てて逃げようとした看守たちだったが、殺到する魔人たちの手で惨殺、もとい、ズタボロに破壊され、動かなくなってしまう。

そうして暴走した魔人たちは、隔離区画を出て居住区へと雪崩《なだ》れ込む。

「ん、上手くいった」

「まだよ。魔法騎士っていう連中が騒ぎを知って駆け付けてくるらしいから、あたしたちも加勢して一緒に戦うわ」


一方その頃、フェンリルのリルはというと。

「おかしいぞ？　この娘の反応、明らかに人間のものとは思えん」

「何だと？　どういうことだ？」

「もしかしたら、何かが人に化けている可能性が……」

あまりに強大な魔力を有していたことから精密検査を受け、研究者たちにその正体を感づかれつつあった。

そこへタイミングよくレウスからの念話がくる。

『リル、どう？　そっちの様子は？』

『我が主よ、明らかに怪しまれている。正体がバレるのも時間の問題かもしれぬ』

『そっか。じゃあ、ちょうどいいね。そのまま元の姿に戻って、暴れ回っちゃって』

『了解した』

頷いたリルは、訝しそうにこちらを見る研究者たちの目の前で、人化の魔法を解く。

その身体が見る見るうちに巨大化していった。

「なっ!?」

「や、やはり人間ではなかったか!?　って、何という大きさだ!?　並の魔物ではないぞ!?」

「こいつはまさかっ……フェンリル!?」

驚愕する彼らの前で、リルは己の顕現を誇示するような雄叫びを轟かせた。

「ワオオオオオオオオオオオオオオオオンッ!!」

◇　◇　◇

塔内が俄かに騒がしさを増す中、俺たちは上へ上へと駆け上っていった。

一応、各階層を貫く自動昇降機が設置されているのだが、さすがにそれを利用するわけにもいかず、階段を使っている。

『マスター、集団が下りてきます』

リントヴルムが告げた直後、複数の足音が聞こえてきた。

「地下居住区で住民どもが一斉蜂起しただと!?」

「ああ！　しかも檻に閉じ込めていた魔人も脱走したらしい！」

「それだけじゃない！　塔の中層にフェンリルが現れたとの情報もある！」

「フェンリルだと!?　伝説級の魔物が何でそんなところに!?」

武装した集団だ。

戦闘を回避すべく、俺たちは天井に張り付いてやり過ごした。

「あれが魔法騎士たちか。なかなか良い装備を身に着けてるな」

「はい。いちいちやり合っていたら大変でしょう」

そうして階段を上り続け、やがて最上段へと辿り着く。

「階段は終わっているが、まだ最上階ではないよな？」

「はい。この先の階に行くには、別のルートを進むしかないようでございますね」

俺たちはフロア内へ。

するといかにもそれらしい扉を見つけたが、そこは数人の魔法騎士たちが警備についていた。

「一気に制圧するぞ」

「了解でございます」

姿を隠蔽したまま躍りかかる。

「むっ？」

気配に気づいたのか、魔法騎士の一人がこちらに視線を向けて身構えたが、もう遅い。

俺が振り回したリントヴルムが、その鎧に護られた胴部に直撃する。

ドオオオオオオオオオンッ!!

「があああああああああっ!?」

衝撃で吹き飛んだその魔法騎士は、そのまま壁に激突してめり込んだ。

「っ！　な、何かいるぞ!?」

「無駄でございます」

メルテラが得意の氷魔法を発動。

残りの魔法騎士たちの身体が一瞬にして凍りつき、氷像と化した。

「よし、先に進むぞ」

無人になった扉を開けようとしたときだった。

「汝、ここを通りたくば呪文を唱えよ」

扉の方からそんな声が聞こえてきた。

「本当に俺が作った大賢者の塔そのままだな。ここまでの構造もほとんど同じだったし」

違いと言えば、下層がダンジョンではなく工場になっていたことくらいだろう。

そうすると、この扉の先はトップの専用フロアだと予想できる。

「汝《なんじ》、ここを通りたくば呪文を唱えよ」

「開けゴマ」

「……」

どうやらこの文言ではないらしい。

それはそうか。

「汝、ここを通りたくば呪文を唱えよ」

「知るか。ぶっ壊してやる」

ズドオオオオオオオオオオオオオオオオオオオオオンッ!!

凝縮された魔力の砲弾をぶっ放してやると、扉が凄まじい勢いで吹き飛んだ。

そうして進んだ先にあったのは、空中に浮かぶ五つの座席。

そこに座っていたのは、五人の老人たちだった。

「馬鹿な、こんなところに侵入者じゃと？」

「しかも赤子だと⁉」

「魔法騎士団は何をしておるのだ。使えぬやつらだのう」

「下層でも騒ぎがあったようだからの～」

「むにゃむにゃ」

皺《しわ》くちゃの老人たちがこちらを見下ろしながら驚いている。

「この老人たちが、この魔法都市を支配している五賢老でございましょう」

つまり、こいつらが俺の禁忌指定物を盗んだ犯人ということだろうか？　それなりに長生きはしてそうだが……さすがに千五百年とまではいかない気がする。

彼らの背後には、厳かに立つ巨大な像。

まだ若い青年の像であるが、礼拝堂にあるような女神像などと同様、崇敬の目的をもってそこに置かれているようだった。

「ただの赤子ではなさそうじゃが、この神聖な場所に土足で踏み入って、ただで済むと思うなよ！」

老人の一人が杖を掲げると、そこから強力なレーザー砲が放たれた。

俺はそれを結界で弾く。

「何!? 儂《わし》の魔法を容易く防いだじゃと!?」

「こやつら只者ではないようだの〜」

「そんなこと、ここまで辿り着いた時点で自明であろう!」

「はっ！ この魔法都市に君臨する我ら五賢老に喧嘩を売ったこと、後悔するがよいわ！」

「むにゃむにゃ」

老人たちの全身から殺気と魔力が噴き出す。

五賢老などという大層な名を冠しているだけあって、それなりの実力があるようだな。

俺とメルテラも魔力を解放し、戦闘態勢に入った。

そのときである。老人たちの頭上、よく見るとこのフロアのさらに上に繋がっているらしい穴が空いているのだが、そこから一人の男がゆっくりと降りてきた。

「「「大賢者様!?」」」

五賢老たちが一斉に叫ぶ。

まぁ一人は相変わらず寝ていて、ずっとむにゃむにゃ言ってるが。

というか、大賢者だって？

老人たちにそう呼ばれた男は、豪奢《ごうしゃ》な椅子に腰かけ、宙に浮いている。見た目の年齢はせいぜい三十前後といったところで、オールバックにした灰色の髪と鋭い目つきが特徴的だ。

この男は、まさか……。

「やけに騒がしいと思って来てみたら……赤子だと？　いや、違うな。何者だ、お前たち？」

そう問いかけてくる男を見上げながら、メルテラが淡々と告げた。

「お久しぶりでございますね、デオプラストス。犯人はあなたでございましたか」

デオプラストス……やはりそうか。

かつて俺の弟子だった男の一人だ。

当時はまだ大賢者の塔に来たばかりで、かなり若かったはずだ。

しかし優秀な男だったからだろう、俺も何度か会った記憶がある。

その頃よりも少し年齢は重ねているが……あれから千年以上も経っていることを考えると、あり得ない姿だった。

メルテラと違って、ただの人間だし、本来ならとっくに亡くなっているはずである。

「……ほう、その名を知っているとは……そうか、その魔力、その声……貴様、ハイエルフのメルテラか？」

向こうもメルテラのことに気づいたらしい。

「その通りでございます。それにしても、すでに老境に差し掛かっていたはずのあなたが、随分と若返りましたね？」

「……その言葉、貴様にそっくりそのままお返しする」

「確かに、わたしが言えたことではございませんでした」

そんな二人のやり取りに、老人たちが狼狽えている。

「この赤子、大賢者様と旧知の間柄なのか？」

「一体どういうことじゃ？　まさかこの赤子、大賢者様と同じく、何百年も生きているとでもいうのか……？」

「そんなことが、大賢者様以外に可能だとは……」

どうやらデオプラストスは、自身の詳しい過去を彼らには伝えていないらしい。

そんな老人たちへ、デオプラストスが命じる。

「……お前たち、ここから退出せよ」

「な？　大賢者様!?」

「さ、さすがにそれは……」

驚いた老人たちが異を唱えようとするも、デオプラストスは有無を言わさなかった。

「私の命令が聞けぬというのか？」

「っ！　め、滅相もございませぬ！」

「おいっ、急いでここから出るのじゃ！」

慌てて出ていく老人たち。

ずっとむにゃむにゃ言っている一人は、別の老人に抱えられながら退出していった。あれで何かの役に立っているのだろうか……？

それを見送ってから、デオプラストスがメルテラを睨みつける。

「貴様がいかにしてこの時代まで生き長らえてきたのかは知らんが、その様子だと、この私から禁忌指定物を奪いに来たようだな」

「話が早くて助かりますね。あなたも危険性はよく理解されているはずでございます。なのに、一体なぜ手を出されたのでございますか？　いえ、聞くまでもありませんか。あなたは当時から、大賢者に憧れを抱いておられました。次期大賢者を定めるべきだと、当時の魔法使いたちの中でもっとも声高に主張していたのもあなたでございましたね」

メルテラが淡々と語る一方、デオプラストスの顔が忌々《いまいま》しそうに歪んでいく。

そんな相手の反応などお構いなしに、メルテラは話を続けた。

「しかし、いざ蓋を開けてみると、あなたはすぐに戦線離脱を余儀なくされてしまいました。思っていた以上に、あなたを支持する声が少なかったからでございます。だからあなたは、禁忌指定物を盗むことにされたのですね。そしてゼロから大賢者になろうとした。……その千年越しの悲願が叶い、今やこのような魔法都市を築き上げ、大賢者として崇められるまでに至ったわけでございますか」

「……」

それであの老人たちに大賢者と呼ばせていたのか。

この塔の造りが、俺の造った大賢者の塔とそっくりなのも頷ける。

「いずれにしても、あれらの研究成果は本来、あなたのものではございません。今ここで返していただきましょう」

「そうだな……確かに、私のものではない。だが、貴様のものでもないだろう？」

「そうでございますね。ですが、この方がそれを主張されるとなれば、いかがでしょう？」

そこでメルテラがちらりと俺の方を見遣る。

「っ……まさか、その赤子はっ……」

ここまでずっと落ち着き払っていたデオプラストスが、初めて動揺を見せた。

俺は口を開く。

「久しいな、デオプラストス。と言っても、当時まだ新米だったお前とは、それほど交流はなかったが」

「あ、アリストテレウスだと!?　馬鹿なっ？　やつはあのときすでに死んでいたはずだ！　そこから蘇《よみがえ》るなど……っ！　いや、その赤子の身体、明らかに当時の貴様とは別人だ！　まさか、転生に成功したとでもいうのか!?」

おっ、よく分かったたな。

「ああ、そうだ。禁忌指定物は、そのあまりの危険性の高さから俺が封印していたもの。それを勝手に持ち出して、利用するなど言語道断。今すぐ返してもらうぞ」

もちろん、当時の俺の秘蔵コレクションもな！

『マスター、さすがにそれは所持していないかと』

なっ、嘘だろ!?

「じゃあ一体、秘蔵コレクションはどこに行ったというんだ!?」

狼狽える俺に、メルテラが冷めた声で言った。

「……大賢者様、それならわたしが処分いたしましたが」

「馬鹿な!?　嘘だろっ？　嘘だと言ってくれ！」

「本当でございます」

「だ、誰にも見つからないように隠していたのだぞ!?　一体どうやって見つけた!?」

「ベッドの下に、でございますよね？　誰でも簡単に見つけられるかと存じますが」

『むしろなぜそんなに分かりやすい場所に……』

だって、いつでも好きなときに見れるようにしておきたいだろう!?

「大賢者様が亡くなられた直後に発見し、もう二度と必要のないものですから、灰になるまで完全に焼き尽くさせていただきました」

「そんな……」

あまりのショックに、がっくりと項垂れる俺。

その一方で、

「く、くくくっ……くはははははっ！」

動揺から立ち直ったからか、それとも動揺し過ぎたせいか、デオプラストスがいきなり大きな笑い声を響かせた。

秘蔵コレクションを失い、落ち込む俺を笑ったわけではないだろう。たぶん。

「まさか、あれから千年以上も経った今、こんな形で貴様らと再会することになるとは！　だがその赤子の脆弱な身体のまま、この私の前に姿を現すとは愚かな判断だ！」

デオプラストスから膨大な魔力が膨れ上がる。

「むしろ貴様らの方からわざわざ出向いてくれて助かったぞ！　今この場で始末してくれよう！」

「まぁ、確かに脆弱なのは間違いないけどな、この赤子の身体は。だが――」


「――お前を倒すぐらい、余裕だぞ？」

「っ!?」


地面を蹴った俺は、猛スピードでデオプラストスに飛びかかると、剣モードにしたリントヴルムをその身体に叩きつけてやる。

デオプラストスが吹き飛び、座っていた椅子が爆散した。

「……なるほど、確かに死にかけの老い耄《ぼ》れの頃より、むしろ素早いかもしれんな」

しかし何事もなかったかのように地面に着地するデオプラストス。

俺の斬撃を受けた部分の服が焼け焦げ、その奥の肉が抉《えぐ》れて骨が見えていた。

「おい、何でそれで平然としてやがるんだ？」

『マスター、あの身体の感触、明らかに普通の人間のそれではありませんでした』

「どういうことだ？」

次の瞬間、デオプラストスが衣服を脱ぎ捨てた。

露わになった上半身に、俺は思わず絶句する。

「っ……その胸の臓器はっ……」

デオプラストスの胸の中心。

そこに埋め込まれていたのは、どくどくと脈打つ青紫色の不気味な心臓だった。

無論、人間の心臓ではない。

あの魔力、明らかに魔族のものだ。

「魔族の心臓……？　それを、自らの身体に融合させたというのでございますか……？」

あまりにも危険すぎる行為に、メルテラが声を震わせる。

「くくっ、その通り、これは魔族の心臓っ！　ここから注がれる無限の魔力が、この私に無敵の身体と永遠の命を与えてくれたのだ！」

高らかに叫ぶデオプラストス。

見る見るうちに俺が与えた傷が塞がっていく。治癒魔法も使っていないというのに、異常な修復速度である。

「た、確かに上級の魔族となれば、永遠に生き続けるような者もいます。ですが、心臓だけになっても鼓動を止めないとは……ましてや、他者に魔力を与え続けるなど……」

「無論、そこらの魔族の心臓ではない。これは最強の魔族の心臓だ！　アリストテレウス、貴様ならば分かるだろう？　この心臓が、いかなる魔族のものなのかが！」

デオプラストスが勝ち誇るように問いかけてくる。

もちろん俺は知っていた。

なにせあの心臓こそが、数ある禁忌指定物の中でも、最も危険な代物だったのだ。

口にするのも憚られるその正体を、俺は恐る恐る告げた。

「前世の俺が命懸けで討伐した、最強最悪の魔族……アザゼイルの心臓だ」

「アザゼイル!?　それは、まさか……」

息を呑むメルテラ。

アザゼイルは、数多《あまた》の凶悪な魔族たちの中にあって、圧倒的な力を持っていた。

まさに魔族の頂点に君臨する魔族だったと言っても過言ではないだろう。
それゆえ、こう呼ばれていたのだ。
——魔王アザゼイル、と。

第九章　魔王

「魔王の心臓、でございますか……？　そんなものが……」

「数ある禁忌指定物の中でも、群を抜いて危険な代物だ。なにせあれはまだ、生きている」

魔王は並の魔族とは比較にもならない強靱な肉体を有していた。

しかも超再生能力を持つという最悪なおまけ付きである。

それでもどうにか骨一つ残らず破壊し尽くしてやったのだが、あの心臓だけはどうしようもなかった。

なにせ何度粉々に砕いてやっても焼いて炭にしてやっても、時間が経てば元通りになってしまう厄介な代物だったのだ。

そのため封印し、禁忌指定物として保管していたのである。

「それを持ち出すどころか、自分の身体に埋め込んだっていうのか……っ！」

「くははははっ！　その通りだ！　このお陰で、私は若返り、そして永遠の命すらも手に入れたのだ！　さあ、転生したばかりの貴様が、魔王の力を取り込んだ私に勝てるかなァっ！」

魔王の心臓がさらに強く鼓動し、そこから膨大で邪悪な魔力が溢れ出してくる。

ドグンッ、ドグンッ、ドグンッ、ドグンッ、ドグンドグンドグンドグンドグンッ、ドグドグドグドグドグドグドグドグ――

「む？　何だ？　心臓の鼓動が、いつもより強く……」

直後、魔王の心臓から触手めいた血管が瞬く間に伸びていき、デオプラストスの身体を侵食し始めた。

「ど、どういうことだっ!?　身体がっ……があああああああああっ!?」

絶叫を上げるデオプラストス。

魔王の心臓が、彼のコントロール下から離れたのは明白だった。

そのまま魔王の心臓から伸びる血管がデオプラストスの全身を覆い尽くし、肉の塊と化したかと思うと、それが見る見るうちに巨大化していく。

やがて真ん中に大きな亀裂が走り、肉塊が二つに割れた。

「っ……お前は……っ！」

悍《おぞ》ましい巨大な肉塊の中から現れたのは、身の丈三メートルを超える魔族。

猛牛のような角に、黒の眼球と赤の瞳、ドラゴンのごとき翼と尾、灰色の肌、そして全身に走る禍々しい文様。

間違いない。

こいつはかつて、世界最悪の魔族として恐れられた存在――

「――魔王、アザゼイル……っ！」

「こ、これが、あの伝説の魔王でございますか!?　なんという魔力……っ！」

メルテラが目を見開いて叫ぶ。

魔王アザゼイルは己の身体の状態を確かめるように、ゆっくりと右手を握ったり開いたりしてから、

「どうやら無事に復活できたようだな。予定外の事態で少々、予定よりも早まってしまったが、問題はないだろう」

そしてその赤い瞳で、俺を睨みつけてくる。

「久しいな、アリストテレウスよ。一体いかなる因果か、まさか余が敗北を喫した憎き人間が、余の復活の瞬間に居合わせることになるとはな」

「……なるほど、デオプラストスに取り込まれたと見せかけて、実際にはじわじわとその身体を逆に乗っ取っていたわけか」

「ご名答。お陰で長き時がかかってしまったが、こうして復活することができた。貴様に封印されたままでは、永遠に心臓のままだっただろう」

もしデオプラストスが敗北してしまえば、その労力が無駄になってしまう。

そのため自ら姿を現したらしい。

「あのときは俺と勇者リオンが力を合わせて、どうにか倒した相手だぞ？　デオプラストスめ。とんでもないやつを復活させやがって……」

あれは俺がまだ一人で大賢者の塔に籠もり、研究に没頭していた三十代の頃だったか。

当時、各地の凶悪な魔族を次々と撃破していた青年がいたのだが、ある日、俺の噂を聞きつけて訪ねてきたのだ。

魔王アザゼイルに挑んで惨敗し、命からがら逃げてきたばかりだという彼らは、俺に協力を求めてきたのである。

正直、集団行動はかなり苦手だったのだが、何度も懇願され、最終的には首を縦に振った。

もちろんその青年こそが、後に勇者と称されるようになるリオンである。

強大な魔王軍に手を焼きつつも、魔王城の奥深くに俺とリオンの二人が辿り着き、そこで辛くも魔王を撃破したのだった。

しかし残念ながら今ここにリオンはいない。

彼の子孫で、生まれ変わりと言われているオリオンは、現状とてもではないが戦力にならないし。

……というか、帝国が狙われたのって、もしかして魔王が勇者の存在を危険視していたからじゃないだろうか？

デオプラストス自身も気がつかないうちに、その精神は魔王に侵食され、知らず知らずのうちに勇者を排除しようと動いていた可能性はある。

「待ちに待った復活のときだというのに、また忌まわしい貴様とこうして対峙せねばならぬとは不快だが……その脆弱な赤子の身体。あのときの借りを返すには最適な状況のようだな」

うーん、逃げたらダメかな？

勇者もいないし、当時の俺より弱体化しているし、まったく勝てる気がしない。

「ですが今回は、わたしがおります、大賢者様」

だがメルテラは戦う気満々だ。

確かに彼女の実力は今や、勇者リオンに勝るとも劣らないだろう。

「ええと、もちろん、魔法でのサポートだよな？」

「当然でございます。赤子の貧弱な身体ということもございますが、わたしは元より接近戦は不得手としておりますから」

「ということは……」

直後、魔王アザゼイルが地面を蹴って猛スピードで躍りかかってきた。

「俺が前衛ってことかよおおおおおおおおっ!?」

かつてやり合ったときは、圧倒的な身体能力を有する勇者リオンが、魔王の凶悪な攻撃を受け止める最強の盾役となってくれた。

そのため俺は、離れた場所から攻撃魔法を放つことに専念することができたのだ。

「ふははは っ！　果たしてその身体で余の攻撃を防げるかなァっ！」

魔王の拳が凄まじい速度で迫りくる。

ドオオオオオオオオオオオオオオオンッ!!

鳴り響く轟音《ごうおん》と、巻き起こる衝撃の余波。

そんな中、魔王の顔が驚きに歪む。

「なに？　余の拳を、受け止めただと……？」

魔王の拳は、俺に届いてはいなかった。

一本の剣によって受け止められていたのだ。

『マスター、お忘れですか？　今回は勇者の代わりに、頼もしい杖もいるということを』

剣モードとなった俺の愛杖リントヴルムだ。

「そういえばそうだったな。当時はまだお前に出会う前だったよ。そりゃっ！」

リントヴルムを振り回し、魔王の拳を弾く。

さらに俺はすかさず魔王の懐に飛び込むと、その胸から下顎にかけて渾身の斬撃をお見舞いした。

「がっ!?」

「百氷繚乱《アイシクルエッジ》」

そこへメルテラが放った無数の氷の刃が、魔王の全身に直撃して花びらのごとく乱れ咲く。

「……やったか」

絶対やってないだろうなぁと思いつつ、一応言ってみる。

「ふっ、ふははははっ！　やはりこの程度か！」

魔王が哄笑《こうしょう》を轟かせ、全身に刺さっていた氷刃が一瞬で砕け散った。俺が与えた傷も含め、あっという間に塞がってしまう。相変わらずの再生能力だ。

「今度はもう少し本気で行くぞ！」

再び飛びかかってくる魔王。

その拳に膨大な魔力が集束していき、繰り出された一撃は先ほどのそれとは比較にもならない威力だった。

「～～～～～っ!?」

リントヴルムで受け止めようとするも、圧倒的な破壊力を前に為《な》す術《すべ》もなく、俺は思い切り吹き飛ばされてしまう。

そのまま床に激突し、クレーターを生じさせながら一メートルほどめり込んだ。

「大賢者様!?　くっ！　絶対氷獄《アブソリュートプリズン》！」

メルテラの魔法で、巨大な氷塊に閉じ込められる魔王。

しかしすぐに亀裂が走ったかと思うと、氷塊が粉々に砕け散った。

「ふははは っ、無駄だ」

四散する氷の破片の中から魔王アザゼイルが飛び出してくる。

「氷刃竜巻《フリージングサイクロン》」

「っ!?」

それを見越していたかのように、メルテラが間髪入れずに別の魔法を発動する。

氷の破片が猛スピードで回転し始め、巨大な竜巻と化す。

「ぐおおおおおおおおっ!?」

尖った氷と共に攪拌《かくはん》され、魔王が絶叫する。

やがて竜巻が収まったときには、全身がズタズタに切り裂かれていた。

その傷もしかし、すぐに修復していく。

「再生能力が高すぎでございましょう……っ！　ならば、これでっ……終焉冷却《ダイパアース》」

海をも凍らせた圧倒的な冷気によって、魔王の全身が瞬く間に氷結していった。

氷像と化した魔王が倒れ、床に叩きつけられる。

「……やりましたか？」

無論、そう簡単にやられるような相手ではない。

氷像から凄まじい魔力が溢れ出してきたかと思うと、その熱で氷が溶けていき、再び魔王が動き出す。

「さすがにこの程度では倒せないようでございますね……」

大きく息を吐くメルテラ。

「なるほど、どうやら先にハイエルフの方から倒すべきらしいな」

一方、魔王は優先して彼女を排除するべき相手と認識したらしく、背中の翼を広げ、高速で襲いかかった。

メルテラはすぐに飛行魔法を全開にして距離を取ろうとする。脆弱な赤子の身体では、走るよりも飛んだ方が遥かに速いのだ。

それでも魔王の速度には大きく劣るため、見る見るうちに追いつかれていった。

無論、前衛役を任された俺が、指を咥《くわ》えて見ているはずもない。

地面から這い出し、すぐに戦線に復帰する。

「縮地」

まるで瞬間移動したかのような超加速で空中を駆け抜け、横合いから魔王に躍りかかった。

これはかつて剣神と謳われた男から授かった高等技術で、転生後の身体では再現が難しかったのだが、最近ようやくできるようになったのだ。

さらに俺はリントヴルムに雷を纏わせ、魔王の頭部を狙って斬撃を見舞う。

「無駄だ」

「っ！　受け止められたっ？」

「貴様はそこで寝ているがよい」

魔王の尾が死角外から伸びてきて、俺は右半身に強烈なフックを貰ってしまった。

勢いよく弾き飛ばされ、壁に強《したた》かに叩きつけられる。

「ぐあっ……」

付与魔法で極限まで防御力を上げていたというのに、そんなものを完全に無視するような一撃だった。

恐らく身体の骨が何本か折れただろう。やはりこの身体で前衛は無謀すぎた。

剣も使えるとはいえ、本質はやはり魔法タイプだしな……。

しかしそれよりも今、ピンチなのはメルテラだ。

逃げながらも器用に攻撃魔法を浴びせているが、魔王はそんなものを物ともせず、一気に距離を詰めていく。

「終わりだ」

魔王の拳がついにメルテラを捉えた。

咄嗟に氷の盾を作り出した彼女だったが、一瞬で粉砕させられる。

「～～～～～～～～～～っ!?」

「メルテラ！」

小さな身体が吹き飛ばされ、地面を何度もバウンドしながら最後は壁に激突。

そのまま動かなくなってしまった。

「くっ……」

どうにか怪我を回復させた俺だったが、リントヴルムがいるとはいえ、これで魔王とサシで対峙しなければならなくなった。

バハムートを呼び出し、二杖流で戦うか？

いや、それで少しはマシになるだろうが、あの魔王を倒すには根本的に戦力不足だ。

リントヴルムたちは、あくまで俺のサポートをしてくれるだけ。

俺自身が弱いままだと、この戦力差を覆すことはできない。

「せめてもう少し成長してからだったら……っ！」

さすがにまだ生後半年にも満たない状態で、魔王に挑むのは無理があったようだ。

「ん？　待てよ？　もう少し成長してからだと……？」

ハッとする。

「……そうだ、あるじゃないか。前世で開発したが、すでに老境に差し掛かっていた当時の俺には使えないと思って、一度も試したことがない禁断の魔法が」

その魔法は、自分自身の寿命を要求する。

つまり、使えば寿命が縮んでしまうのだ。残された寿命の短い老人にとって、それは致命的だろう。

だが今の俺は生まれたばかりの赤子で、寿命はまだまだ有り余っている。

「ただし、この魔法を発動するには少し時間がかかる。魔王が大人しく待ってくれるはずもないし
……そうだ、ちょうどいいのがいた。バハムート」

『マスターあああああああっ！　やっと呼んでくれたああああああああっ！』

亜空間から取り出した闇竜杖バハムートを、魔王目がけて放り投げる。

『って、いきなり投げられたあああああああっ!?』

「頼む、あいつと戦って時間を稼いでくれ。お前にしかできないことなんだ」

『マスターに頼られてるっ！　わたし、頑張るっ！』

バハムートが巨大化し、闇黒竜と化す。

「漆黒のドラゴンだとっ？」

「グルアアアアアアアアアアアアッ!!」

突如として現れたドラゴンに魔王も驚いている。

よし、これでしばらくは時間が稼げるはずだ。


「――一時発育急進魔法」

それは己の寿命を犠牲にすることで、自分の肉体を一気に成長させるという魔法だ。

開発した当時、老境に至りつつあった俺が使わなかったのは当然だろう。

残り少ない寿命を差し出すわけにはいかなかったこともあるが、そもそもすでに成長の伸びしろなどなかったからだ。

これは幼い身体に使うからこそ意味がある。

もちろん一時的に成長させるだけなので、後で元に戻ってしまうのだが。

魔法が発動するや否や、低かった目線が見る見るうちに高くなり、短かった手足もどんどん伸びて太くなっていく。

肩幅も広くなり、全身を男らしい筋肉が覆う。

着ていた服はすぐに小さくなって、破けてしまった。

お陰で股間が露わになったので、それもまたしっかりと大人の男のサイズに成長したのが分かった。

「どうだ、リントヴルム？　カッコいい大人の男になっただろう？」

『そうですね、完全な変態になりました』

亜空間から鏡を取り出し、成長した自分の顔を見る。

これは新しい身体なので、当然ながら前世とは顔も違う。

「ほう、なかなかの男前だな」

鏡に映っていたのは、二十歳前後の青年だった。

赤子の頃とはだいぶ顔つきが変わっているが、どちらかというとやはり母親似だろう。

変わったのは外見だけではない。

「ふんっ！」

魔力を軽く噴出させると、周囲に暴風が吹き荒れた。

「いいぞ。この魔力量、前世の頃の全盛期に匹敵する。それに……」

とそこへ、ドラゴン化したバハムートが突っ込んでくる。

『マスターあああああああっ!?　なぜか大きくなってるううううううっ!?　そして素敵な裸あああああああああああああああんっ!!』

「よっと」

『っ!?』

軽い横っ飛びでそれを回避すると、バハムートはそのまま背後の壁に激突してしまった。

「瞬発力も申し分ない。肉体的にも完璧だな」

『それよりもマスター、早く何か着てください』

「そう言われても、サイズの合う服が……いや、あるじゃないか。それもめちゃくちゃ良いやつが」

俺はそれを亜空間から取り出した。

もちろん勇者リオンが身に着けていた伝説の剣と鎧だ。

子孫のオリオンが受け継いだそれを、俺が預かっていたのである。

早速装備してみると、まるで俺のために用意されたのではないかというくらい、ぴったしのサイズだった。

「ははっ、どうだ、リンリン？　似合ってるだろう？」

『馬子にも衣裳ですね』

強力なステータス上昇効果もあって、力が漲《みなぎ》ってくる感覚がある。

「な、何だ、その姿は……っ？　しかもその剣と鎧は、まさか……」

「行くぞ、魔王アザゼイル」

俺は右手に勇者の剣、そして左手にリントヴルムを構えた。剣と杖の二刀流だ。

縮地で一気に魔王の懐に飛び込むと、袈裟懸けの斬撃をお見舞いする。

赤子の貧弱な腕力とは比べ物にならない強烈な一撃で、魔王の肉を深々と切り裂いた。

「～～～っ!?」

無論それだけでは終わらない。

瞬時に身体を回転させ、間髪入れずに二撃目で魔王の胴を抉った。

「まだまだっ！」

「があああああああああああああっ!?」

剣神仕込みの連撃が、魔王に反撃の隙すらも許さない。

魔王の肉片が飛び、鮮血が舞い、悲鳴が轟く中、俺はさらに魔法を発動した。

「光矢万射」

光の矢が無数に出現し、それが次々と魔王の背中に突き刺さる。

斬撃と魔法の矢で、ちょうど前後から魔王を挟み込むような形となった。

もはや魔王には逃げ場などない。

「ぐおおおおおおおああああああああっ!?」

自慢の超再生能力を凌駕《りょうが》するダメージで、魔王の肉体が破壊されていく。

「ば、馬鹿なっ……この力っ……かつての貴様を、超えているだと……っ!?」

「当然だろう。お前を倒したときなんて、まだまだ若造の頃だったからな」

今のこの俺は、一生かけて身に付けた経験や技量と、全盛期の体力の両方を兼ね備えているのだ。

もちろん勇者装備の恩恵だってある。

「ああああああああああああああああっ……」

やがて魔王の肉体の大部分が消し飛び、復活の元凶となった心臓部が露出する。

俺はそれを強引に摑み取ると、改めて封印を施した。

「……ふう。どうにか倒せたな」

大きく息を吐く。

勇者がいない今回、どうなることかと思ったが、無事に討伐できてよかった。

魔王の心臓はひとまず亜空間の中に放り込んでおく。

こんなことが起こらないよう、今度こそ完全に消滅させる方法を見つけ出さないとな。

「っと……何だ？　急に身体が重たく……」

身体を急成長させた反動かと思ったが、どうやらそうではなさそうだ。

「これは勇者装備のせいだな……やっぱり本来の使い手じゃないと、拒絶反応が起こってしまうみたいだ」

魔王と戦っている間だけでも使えてよかった。もしかしたら勇者リオンが力を貸してくれたのかもしれない。

俺はすぐに勇者装備を脱いで、亜空間の中に仕舞った。

『せっかく転生されたというのに寿命が縮まってしまいましたね』

「ふっふっふ、その心配は要らないよ、リンリン」

『……どういうことですか？』

「メルテラが若返りに成功していただろう？　その方法を教えてもらえれば、もはや俺は永遠に生きることができるということだ。っと、そのメルテラは無事かっ!?」

魔王討伐の余韻に浸っていた俺は、そこでようやくメルテラのことを思い出し、慌てて彼女のもとへと走る。

「よかった。まだ息はあるようだな」

すぐに治癒魔法をかけてやると、気絶していたメルテラが目を覚ました。

「ん……ま、魔王は⁉」

「安心しろ。魔王なら俺が倒したぞ」

「大賢者様……よかっ――」

そこでようやく俺が赤子から青年へ成長していることに気づいたようで、メルテラの切れ長の目が大きく見開かれる。

ふふふ、どうやらイケメン過ぎて驚いているようだな。

『いいえ、マスター。変態すぎて驚いているだけです』

「え？」

次の瞬間、メルテラが叫んだ。

「わたしに近づくなっ、この全裸野郎がああああああああああああっ！」

「ぶごっ⁉」

メルテラの拳が俺の下顎に突き刺さる。

……勇者装備を脱ぐと全裸なの、完全に忘れてたぜ。てへぺろ。

エピローグ

「いててて……確かに服を着てなかった俺も悪いけど、なにも殴らなくても……」

最近は全裸でいることも多くて、装備を脱いだときに気づかなかったのだ。なにせ赤ちゃんだからな。

お陰で目を覚ましたメルテラにぶん殴られてしまった。

「……失礼いたしました。つい……。反省はしておりません」

「してないのか!?」

もし俺が死にかけのジジイだったら、きっと死んでいただろう。

『前世は実際それで死にましたからね。学習されない変態ですね、マスターは』

俺はすでに元の赤子の姿に戻っていた。

時間切れである。

「それで、どういたしましょうか、大賢者様？」

「この都市の元凶だったデオプラストスは取り除いてやったし、後は禁忌指定物を回収するだけだな」

『簡単におっしゃってますが、塔内は敵だらけですし、なかなか骨が折れそうですよ？』

とそこへ、先ほどの老人たちが恐る恐る戻ってきた。

静かになったので、戦いが終わったと思ったのだろう。

「だ、大賢者様のお姿がない……？」

「まさか、あの赤子どもにやられたというのかっ!?」

「そんなはずはなかろう！　神にも等しい力を持つお方なのじゃぞっ？」

狼狽えている彼らを余所に、俺はメルテラに訊く。

「あの爺さんたちはどうする？　このままだと彼らがこの都市の支配者になるよな？」

「彼らも腐敗した印象しかございませんし、放置するべきではないでしょう」

「そうなると、誰がこの都市を治めるかって話になるし……っと、そうだ」

めちゃくちゃ画期的なアイデアを思いついたぞ。

もしかしたら俺、天才かもしれない。


その後、魔法都市エンデルゼンは一時的な大混乱に陥った。

公的にはトップに君臨しているはずの五賢老が、謎の集団によって捕らえられてしまったのだから当然だろう。

「ん、また攻撃してきた」

「何度でも返り討ちにしてやるわ！」

「半分は我に任せるがよい」

ファナやアンジェたちも合流して、塔の最上層で立て籠もる俺たち。

魔法騎士団が何度か救出作戦を決行してきたが、その度に撃退していた。

「いつまで続けるのでございますか？」

「大丈夫。もう終わったから。ほら」

この状況を完全に覆すために、俺は五賢老たちにあることを施していたのだ。

「「大賢者メルテラ様、万歳！」」

「「大賢者メルテラ様、万歳～～っ！」」

「大賢者メルテラ様……むにゃむにゃ」

そう、洗脳である。

……相変わらず約一名、ずっと寝ているが。

「ちょっ、どういうことでございますか!?」

「この都市、君が代わりに支配しちゃえばいいんじゃないかなって」

「は？」

呆気にとられるメルテラを余所に、俺は自分のアイデアの素晴らしさに満足しつつ頷く。

「うんうん、やっぱりデオプラストスなんかより、メルテラの方が大賢者に相応しいな。今はまだ赤子の姿だが、そのうち成長すれば威厳も出てくるだろう。なにせハイエルフだし」

「そ、そういう問題ではございません！」

本人は喚《わめ》いているが、彼女ほどの適任者はいないだろう。

幸い五賢老以外、デオプラストスの姿を見た者はいなかったようなので、トップがいつの間にかすげ変わったとしても誰にも分からない。

「大賢者というなら、あなたこそ適任でございましょうっ！」

「俺はいいよ。もう前世で十分だ。せっかく生まれ変わったんだから、今世は冒険者として気ままに世界を旅して生きていくよ」


五賢老を洗脳したことで、都市の改革は瞬く間に進んだ。

禁忌指定物の実験や研究などが完全に中止となり、作り出された魔導具やアイテムはすべて回収。

さらに地下居住区は閉鎖され、魔人たちは黒い魔石を取り除くことで元の人間に戻り、魔導巨兵の操縦者として育成されていた子供たちは無事に解放された。

まだまだ問題点は多々あるが、メルテラならきっとこの魔法都市を生まれ変わらせることができるだろう。

「というわけで、頑張ってね～」

「まったく……仕方ありませんね……若返りの目的を果たした今、他にやることもございませんし……」

「そのうちまた遊びにくるから」

諦めたように息を吐くメルテラと別れて、俺は魔法都市を後にするのだった。

「あ、そのときは胸の大きな女の子たちを集めて出迎えてね」

「出禁にしますよ？　このエロジジイ」

おまけ短編　赤子エルフの冒険譚

「ん……」

氷で作られた棺桶《かんおけ》のような箱の中で、彼女はゆっくりと目を開いた。

そのまま身体を起こそうとしたところで、思うように動かないことに気がつく。

「あうあ……」

声を発しようとしても、上手く出なかった。まるで赤子が呻くような声である。

いや、むしろ赤子の呻き声そのものだった。

そもそも箱の中で目を覚ましたのは、どこからどう見ても生まれたばかりの赤子。

ただしその瞳には、赤子とは思えない理性が宿っていた。

「(なるほど……どうやら思っていたよりも若返り過ぎてしまったようでございますね)」

心の中でそう呟く彼女の名はメルテラ。

大賢者の一番弟子として、数々の偉業を残してきたハイエルフだった。

その実年齢は六百に近い。長き年月を生きるハイエルフだが、そろそろ老年期に差し掛かるような歳である。

それがこうして赤子の姿になっているのは、若返りの魔法が成功したからに他ならなかった。

「(幸い赤子になったのは肉体だけで、魔力の方はほとんど変わっていないようです)」

飛行魔法で宙に浮かび、箱から外に出る。

そこは洞窟の奥底で、箱の周囲には氷の塊が幾つも置かれていた。

食糧などを氷漬けにして保管しておいたのである。

肉や野菜、魚、それから果物やパンまであった。

眠ってからかなりの年月が経過しているはずだが、解凍すれば問題ないだろう。

(本当なら母乳か、せめて離乳食が欲しいところですが、仕方ありません。よく煮込んでから食べるとしましょう)

それから彼女はこの赤子の身体に慣れるため、しばらくそこで過ごし、やがて三日ほど経った頃。

「ようやくまともに喋ることができるようになりましたね。首も据わってきましたし、そろそろ外に出るとしますか」

永い眠りの間、誰にも邪魔されることがないよう、入り口は氷の塊によって固く閉じられていた。

彼女が作り出す氷は、どれだけの期間が経っても溶けることがないのだ。

外に出ると、眩《まぶ》しい日差しが出迎えてくれた。

彼女が眠っていたのは、とある険しい山岳地帯にある洞窟だ。

まずはここから一番近いところにある集落を目指そうと、メルテラは宙を舞った。

山岳地帯を抜けたところで、それらしきものを発見。彼女は高度を落とした。


山の麓に存在する小さな集落。

せいぜい百人ほどしか住んでいない平和な村であるが、それが今、大きな危機に陥っていた。

「ちっ、こんなマズい酒しかねぇのかよ」

村長宅に我が物顔で居座った女が、酒を片手に吐き捨てる。

「も、申し訳ございませんっ……見ての通り、何もない村でして……」

禿げあがった頭のてっぺんを見せ、必死に平伏しているのは村長だろう。

女は野盗団の頭目だった。

最近この辺りの村々を襲い、根こそぎ金になるものを奪っている連中である。

その噂を耳にしていたこの村も、用心棒を雇うなどして相応の対策はしていた。

しかし用心棒はこの女頭目にあっさり敗れてしまい、あっという間に村を占拠されてしまったのである。

まだ二十代半ばほどと若く、よく見ると整った顔立ちの美人なのだが、荒くれたちを率いているだけあって、女性とは思えないほどの強さなのだ。

「その……出せるようなものも、ほとんどなく……」

「うるせぇよ。それはこっちが決めることだ。幾らこんなチンケな村でも、最悪、女子供くらいはいるだろ？」

「なっ……」

「金目のものが出せねぇってなら、仕方ねぇよなぁ？　おい、お前ら。村中の女子供を連れてこい」

「そ、それだけは、どうかっ……」

「安心しろ。売れそうにねぇやつだけは置いてってやるからよぉ、くくくっ」

そうして村長宅に村中の女性と子供が集められると、女頭目は自ら値踏みを始めた。

「下、中、中、中、中、下、下、中……おいおい、下と中ばっかりじゃねぇか。仕方ねぇ、中から連れていくか。こいつも下、下、中……おっ、てめぇは上だな。それから中、下、中、中……ん？な、何だ、このやたら目鼻立ちの整った赤子は……しかもこの尖った耳、まさか、エルフ……」

「いいえ、ハイエルフでございます」

「喋った!?」

驚きのあまり後ずさる女頭目。

一方、そのハイエルフの赤子――メルテラは宙に浮かびながら嘆息する。

「時代が変わっても、人間は大して変わっていないようでございますね」

「な、な、何なんだ、てめぇは!?」

言葉を話す赤子というだけでも異常なのに、空中に浮遊しているのだ。理解できない現象に戸惑いつつ、女頭目は腰に提げていた剣を抜こうとした。

「剣が抜けねぇっ!?　って、冷てぇっ!?　凍ってやがる!?」

だがいつの間にか鞘ごと凍りついていて、剣を引き抜くことができない。

「クソッ……てめぇら、こいつはただの赤子じゃねぇ！　取り押さえろ！」

慌てて配下の野盗たちに命じたが、返事がくることはなかった。

「全員すでに動けませんよ？」

部屋の中にいた野盗たちが、一人残らず氷の像と化していたのである。一方で村の住人たちには何の変化もない。

メルテラが得意の氷魔法で、野盗だけを凍らせたのだ。

「ま、まさか、てめぇの仕業っ……」

「ええ、その通りでございます。なお、わたしの魔法で凍ったら最後、たとえ火で炙《あぶ》っても熱湯に浸けたとしても、永遠に溶けることはございません」

「なっ……」

「外のお仲間たちもすでに凍らせてきましたし……後はあなただけでございますね？」

にっこりと微笑むメルテラ。

赤子の笑顔がこれほど怖く見えたのは、その女頭目にとって生まれて初めてのことだった。

「ひぃいいいいいいいいいいっ!?」

その場に尻餅をつき、悲鳴をあげる。その股の間から汚い液体が零れ出て、じわじわと床に染みが広がっていった。


「た、高《たけ》ぇよおおおおおおおおおっ!?」

女頭目の悲鳴が大空に轟いていた。

「あまり暴れない方がよろしいかと。落としてしまうかもしれませんから」

「ひぇっ……」

メルテラの忠告を受けて、女頭目が大人しくなる。

最初に立ち寄った集落が、幸か不幸か野盗団に占領されているのを知ったメルテラは、あっさり野盗団を制圧。

その構成員たちは残らず氷漬けにしたのだが、なぜか女頭目だけはそうせず、こうして連れてきたのだった。

「実はわたしの命令に従ってくれる大人が欲しかったのでございます。これから街に赴くのに、さすがにこの赤子の姿では何かと不便でございますからね」

あの村の大人にそれを頼むのは気が引けるが、相手が野盗なら遠慮は要らない。

「正直ちょうどいいタイミングで村を占拠してくれたと思います」

「ちきしょおおおおおっ！　やっぱ悪いことしたら自分に返ってくるって本当だったんだなっ！」

大声で嘆く女頭目。

「つーか、一体てめぇは何者なんだよっ⁉　どう考えても普通の赤子じゃねぇだろ⁉」

「ええ。こう見えて、中身は何百年も生きているハイエルフでございます」

「ハイエルフだとっ⁉」

「名はメルテラと申します。一応、あなたの名前も聞いておきましょうか」

「お、オレはビアンサだ」

「ビアンサでございますか。そのうち不要になったら騎士団に突き出して差し上げますので、それまではよろしくお願いしますね」

「どう転んでもお終いじゃねぇか！」

当然、過去の罪が消えるわけではないので、メルテラは利用するだけ利用してから、この女頭目をしかるべき場所に連れていく予定だった。

やがて二人が辿り着いたのは、この辺りでは一番栄えているという都市だ。

「（道中、彼女から色々と聞き出しましたが、どうやらわたしが眠りにつく前とは、随分と国も地名も変わってしまったようでございますね）」

　城門から街の中へ。

　検問があったが、幼い子供とその母親と思ってくれたようで、やけに親切にされた上に、すんなりと通ることができた。

「赤子一人だと怪しまれていたでしょう」

「それはそうだろうな……」

　そのまま二人が向かったのは、この都市の冒険者ギルドだった。

「オレの職業柄、あまり近づきたくねぇ場所だが……何の用なんだよ？」

「冒険者になろうかと思いまして。世界的な組織ですから、色々と情報を得るには最適かと」

「その歳でか!?　いや、さすがに無理だろ？」

「いえ、しっかり説明すれば問題ないはずです」

　ギルドの建物を発見し、中に入る。赤子を連れた若い女の存在はやはり場違いなようで、奇異の視線を向けられつつも窓口へ。

「どのようなご用件でしょうか？」

「冒険者登録をお願いいたします」

「へっ……あ、あ、赤ちゃんが喋ったあああああああああああっ!?」

「そう驚かなくても結構でございますよ。確かに見た目は赤子ですが、中身は六百歳近いハイエルフでございますから」

「六百歳!?　ハイエルフ!?　ちょっと何言ってるか分からないので、上の者を呼んできますねっ！」

その後、色々ありつつも無事に冒険者になったメルテラ。

もちろん冒険者ギルドには、赤子のように見えて実は大人であることをしっかり説明した。

若返りの魔法や何百年も眠りについていたことは、彼らの理解を超えていたようでポカンとされてしまったが、最後は納得してくれた。

やはり彼女がハイエルフだということが大きく、「まぁハイエルフならあり得るか……」となったのである。

それからメルテラは冒険者として活動しつつ、この時代で目覚めた目的である、禁忌指定物を盗んだ犯人調査に取り組んだ。

一つの都市に留まることなく、世界各地を旅しながらの捜索である。

無理やり従えたビアンサが、様々な場面で役立に立った。

当初は嫌々といった様子だったビアンサも、段々と自分の置かれた状況を理解したのか、メルテラの命令に従順になってきたようだった。

そんなある日の晩のことである。

メルテラが休む宿の一室で、床に敷かれた寝袋から起き上がる人影があった。

「……このオレが、いつまでも大人しくてめぇに従っているとでも思うなよ？」

ビアンサである。

いつもベッドを使わせてもらえない彼女は、床で寝ているのだ。

そんな酷い扱いが耐えがたかったのか、ナイフを手にした彼女は息を殺し、寝息を立てるメルテラに近づいていく。

「ククク、いつか出し抜いてやろうと思って、虎視《こし》眈々《たんたん》とてめぇが完全に油断するのを待ってたんだよ。そして今日がその日だ」

メルテラが起きる気配はない。

実はこの日の夕食のとき、ビアンサは秘かにメルテラの飲む水に睡眠薬を混ぜていたのである。

「死ね。このオレをこき使いやがったこと、あの世で後悔するがいい」

振り上げたナイフを、思い切り小さな赤子の身体へと突き下ろす。

ガキンッ！

そんな金属音と共にナイフの刃が弾き返された。

「なっ……」

メルテラがゆっくりと瞼を開く。

「やはりわたしの水に睡眠薬を混ぜていましたか」

「て、てめぇっ……気づいてやがったのか!?　だが、間違いなく飲んでいたはずっ！」

「ええ。飲みましたとも。ですがあの程度の薬が、わたしに効くとでもお思いでございますか？」

ハイエルフの耐毒能力を舐めてもらっては困りますよ」

どうやらメルテラは睡眠薬を飲んだうえで、それを無効化してしまったらしい。

「さて、もう二度とわたしに歯向かう気など起こさないよう、しっかりとお仕置きしなければいけませんね？」

「ひいいいいいいいいいいいいいっ!?」

——野盗団の元頭目ビアンサの不運は、メルテラがアルセラル帝国を拠点とするようになる頃まで続いたのだった。

あとがき

こんにちは。作者の九頭七尾です。

シリーズの第四巻、いかがだったでしょうか。

かつての弟子メルテラ（赤子）との再会や、因縁の相手との再戦など、前世と絡めた展開の多かった今巻ですが、楽しんでいただけたなら幸いです。


そしてなんと今巻も、コミカライズ単行本とのほぼ同時発売になりました。

こちらも第四巻となります。

あれ？　前回のときはまだ二巻だったはず……。

一体いつの間に追いつかれたんですかね？　もしかして時空が歪んでる？

そんなふうに錯覚してしまうほどの、遠田先生の仕事の速さよ……。

ちゃんと休まれているのか心配になるレベルです。

ぜひお身体には気をつけて……っ！


ところで私事ですが、実は来月からしばらく北陸に行くことになりまして。
二、三か月ほどの期間、そちらで仕事をすることになるため、関係者の皆様方には少しご迷惑をおかけすることになるかもしれません。何卒ご容赦を……。

美味しい魚をいっぱい食べ、リフレッシュして戻ってきます！（そういう目的ではない笑）

それでは謝辞です。

引き続きイラストをご担当いただいた鍋島テツヒロ様、今回も素敵なイラストをたくさん描いていただき、本当にありがとうございました！

また、担当編集さんをはじめとするアース・スターノベル編集部の皆様、出版に当たってご尽力いただいた関係者の皆様、そして本作をお読みいただいた読者の皆様にも、心からの感謝を。

ありがとうございました。

九頭七尾

生まれた直後に捨てられたけど、前世が大賢者だったので余裕で生きてます④

発行 —— 2023年7月14日　初版第1刷発行

著者 —— 九頭七尾

イラストレーター —— 鍋島テツヒロ

装丁デザイン —— 山上陽一（ARTEN）

発行者 —— 幕内和博

編集 —— 筒井さやか

発行所 —— 株式会社アース・スター エンターテイメント
〒141-0021　東京都品川区上大崎3-1-1
目黒セントラルスクエア　7F
TEL：03-5561-7630
FAX：03-5561-7632
https://www.es-novel.jp/

印刷・製本 —— 中央精版印刷株式会社

ISBN 978-4-8030-1812-7